KB113432

FANTASTIC ORIENTAL HEROES

임영기 新무협 판타지 소설

등룡기 4

임영기 新무협 판타지 소설

초판 1쇄 찍은 날 § 2014년 6월 10일
초판 1쇄 펴낸 날 § 2014년 6월 17일

지은이 § 임영기
펴낸이 § 서경석

편집부장 § 권태완
편집책임 § 박가연

펴낸곳 § 도서출판 청어람
등록번호 § 제387-1999-000006호
등록일자 § 1999. 5. 31
어람번호 § 제2-2505호

주소 § 경기도 부천시 원미구 부일로 483번길 40 서경B/D 3F (우) 420-822
전화 § 032-656-4452 팩스 § 032-656-4453
http://www.chungeoram.com
E-mail § chungeorambook@daum.net

ISBN 979-11-361-9065-9 04810
ISBN 979-11-5681-982-0 (세트)

目次

第三十二章

권신탄(拳神彈)

등룡기

두 시진이 지난 이후에 도무탄의 혼혈이 먼저 저절로 해혈되어 깊은 잠에서 깨어났다.

그러나 그의 몸에는 아직 귀식대법이 펼쳐져 있어서 숨도 쉬지 않았으며 심장도 뛰지 않았다.

그렇지만 몸은 움직일 수 있으며 정신도 말짱했다. 다만 평상시처럼 활발하게 행동할 수는 없고 단지 평상시의 절반 정도의 기능만 할 수 있을 뿐이다. 물론 무공을 전개할 수는 없다.

도무탄은 두 팔을 옆구리에 붙이고 가지런히 뻗은 반듯한 자세로 누운 상태에서 눈을 깜빡이며 주위의 소리를 들으려고 애썼으나 아무 소리도 들리지 않았다.

'얼마나 지난 것인가?'

한 시진이 지났는지 아니면 하루가 지났는지 도무지 알 수가 없다.

독고지연이나 녹상이 그의 혈도를 제압하면서 아무 얘기도 해주지 않았기 때문이다.

어쨌든 지금까지 그녀들 중에서 돌아온 사람은 없으며 밖에서 아무 소리도 들리지 않는 것으로 미루어 이 근처에 추격대는 없는 것 같다.

하지만 추격대는 하나같이 일류고수인데 그들의 기척을 도무탄이 감지할 리가 없다.

그는 어떻게 할지 잠시 생각하다가 그냥 이대로 바위 밑에 누워서 그녀들을 기다리기로 마음먹었다.

그가 밖으로 나갔다가 만약 잘못되기라도 한다면 그를 구하기 위해서 목숨을 걸고 추격대들을 다른 곳으로 유인해 간 독고지연과 녹상의 뜻을 거스르고 그녀들의 고생을 헛되게 만드는 것이다.

'못난 놈이다.'

문득 그런 생각이 치밀어 올랐다.

'내 여자를 지켜주지는 못할망정 제 한 몸조차 지키지 못

해서 그녀들을 위험에 빠뜨리고 나 자신은 이런 곳에서 한심하게 누워 있는 신세라니……'

그는 자신이 아무런 능력도 없다는 사실이 죽고 싶을 만큼 참담했다.

'고금제일이라는 권혼을 갖고 있으면 뭐하는가? 그걸 제대로 써먹지도 못하는 멍청이다. 나라는 놈은……'

시간이 날 때마다 권혼을 연마할 것이 아니라 어디 한 군데 죽은 듯이 처박혀서 권혼 연마에 매두몰신(埋頭沒身)해야 한다는 생각이 들었다.

그렇게 해서 권혼을 완전히 자신의 것으로 만들어야지만 비로소 사람 노릇을 할 수 있을 것이다.

그는 녹상에게서 권혼을 받은 이후부터 자신이 지나치게 나태했다는 사실을 새삼스럽게 깨달았고 뉘우쳤다.

바깥에서는 바람 소리나 새들의 지저귐조차 들리지 않았다. 완전한 적막 속에 그는 가만히 누워 있었다.

그는 눈을 깜빡이면서 누워 있다가 이윽고 자신이 숨도 쉬지 않으며 또한 심장마저도 뛰지 않고 있다는 사실을 깨닫게 되었다.

이런 기이한 상황에 처해보기는 처음이지만 그의 안전을 위해서 독고지연이 어떤 신묘한 수법을 발휘했을 것이라고 생각했다.

두 손과 두 발, 그리고 몸을 조금 움직여 보니까 평소보다 배 이상이나 힘이 들었다.

그래서 그는 꼼짝도 하지 않고 가만히 있으면서 이것저것 머리에 떠오르는 대로 생각에 잠겼다.

그러다가 이렇게 조용할 때 권혼심결에 대해서 깊게 궁구해 보는 게 좋겠다는 데 생각이 미쳤다.

권혼심결은 삼 초식으로 이루어져 있다.

일 초식은 두 개의 단락(段落)이며 한 단락에 두 개의 구절이 들어가 있다. 즉, 일 초식은 이 단락 사 구절이다.

하나의 단락은 오른팔에 권혼력을 일으키는 운공조식구결이고, 또 하나의 단락은 독립된 운공조식구결로서 도무탄은 지금까지 그 구결로 운공조식을 하여 단전에 십 년 정도의 공력을 축적했다.

물론 그것은 순전히 만년삼왕과 천년하수오의 효과가 구할 이상이었다.

권혼심결 이 초식은 네 개의 구절로서 모두가 권법변화이며 각각의 구절이 하나의 변화다.

즉, 이 초식에는 네 개의 변화가 담겨 있으며 이 초식만 따로 '천신권격'이라고 녹상이 이름을 지어줬다.

일변 천쇄. 권혼력을 주먹에 집중하여 가격해서 표적을 박살 내는 수법이다.

이변 신절. 일종의 금나수법으로써 손을 스치듯이 빠르게 훑으면서 적의 몸을 꺾고 부러뜨리며 비트는 여덟 가지 수법이다.

팔다리든 몸통이든 어디 한 군데 스치기만 하면 그걸로 작살이 나고 만다.

삼변 권풍. 주먹으로 권혼력을 뿜어내는 수법이며 절정에 이르면 단단한 바위에 한 뼘 깊이의 구멍을 뚫고 무려 십 장 밖까지 발출할 수 있다고 구결에 적혀 있다.

사변 격광. 빛처럼 빠른 수법. 삼변 권풍처럼 현재로썬 격광도 빛처럼 빠르다는 것밖에는 모른다.

현재 도무탄은 일변 천쇄는 이 성(成), 이변 신절은 삼 성까지 익힌 상태다.

천쇄와 신절을 제대로 연마할 시간도 없는데 삼변 권풍과 사변 격광은 배울 엄두도 내지 못했다.

그런 상황에서 권혼심결 삼 초식이야 말해서 무엇 하겠는가. 더구나 도무탄은 무엇이든 처음부터 차근차근 실행하는 성격이라서 이 초식을 다 터득하지 않고는 삼 초식은 시작할 생각조차 하지 않았다.

지금도 마찬가지다. 권혼심결을 일 초식부터 차근차근 정리하면서 반추하고 있다.

과연 삼 초식이 무엇인지 한 번쯤 시간을 내서 곰곰이 분석을 해볼 수도 있을 텐데 절대로 그러지 않는다.

그 이유는 아마도 그가 아홉 살 때부터 십여 년 동안 가장 낮은 밑바닥에서부터 시작하여 가장 높은 꼭대기까지 올라오는 과정에서 세상의 순리(順理)에 대해서 누구보다 투철하게 깨달았기 때문일 것이다.

물은 높은 곳에서 낮은 곳으로 흐르며 절대로 아래에서 위로 흐르는 법이 없다.

그것이 자연의 순리다. 자연과 인간사 세상사가 모두 다 그런 식이다. 그것을 거스르는 것, 즉 역행은 화를 부르게 마련이다.

순리를 다르게 말한다면 순서라고 할 수 있다. 세상만사에는 정해진 순서가 있다.

천 리 길도 한 걸음부터 시작해야 하고 밥을 먹어도 첫술부터 떠야 한다.

사람이 모친의 자궁을 통해서 태어난 이후에 차츰 나이를 먹고 늙어서 죽는 것이지, 죽음에서부터 시작하여 점점 젊어졌다가 아기가 되는 법은 없다.

도무탄은 지금까지 일을 처리하는 과정에서 몇 차례 순리와 순서에 입각하지 않고 중간에서부터 시작하거나 너무 쉬운 일이라서 아예 결말을 내려고 서둘렀던 적이 있었는데 모조리 실패하고 말았었다.

그렇기에 그는 어렸을 때부터 모든 일은 순리에 따라야 한다고 굳게 믿었으며 그것이 밑바탕이 되어 오늘날의 부를 이룰 수 있었다.

'이것은 설마……'

반 시진 정도 꼼짝도 하지 않고 눈을 감은 채 권혼심결 일 초식에 대해서 수없이 반추하고 궁구하던 그는 어느 순간 번쩍 눈을 떴다.

'순서가 바뀐 것일 수도 있지 않을까?'

도무탄은 일 초식 두 단락 네 개의 구절을 운공조식하는 순서가 바뀌었을 수도 있다고 생각했다. 그리고는 거기에서 한 걸음 더 생각을 진전시켜 보았다.

'어쩌면 두 개의 단락은 원래 하나였을지도 모른다. 그래서 일 초식 안에 묶여 있었을 수도 있는 것이다.'

엉뚱한 추측이 불쑥 튀어나왔다. 그렇지만 전혀 불가능한 얘기는 아니다.

반드시 순리에 기초를 두고 있다면, 마음껏 엉뚱하고도 무한한 상상을 해보고 그것을 실행해 보는 것. 그것이 오늘날 그의 성공의 두 번째 열쇠였다.

그의 생각인즉, 권혼심결 일 초식 안에 있는 권혼력을 일으키는 단락과, 독립된 심법을 운공조식하는 단락이 따로 떨어진 것이 아니라 어쩌면 원래 전체가 하나의 단락으로 이루어 졌을지도 모른다는 것이다.

왜 그런 생각을 하게 됐냐면, 일 초식에 담겨 있는 두 개의 단락 모두가 불완전하기 때문이다.

권혼력을 일으키려면 아무리 빨라도 세 호흡이 지나야 한다는 것도 불완전하고, 권혼력을 일으키는 구결이 있는 초식에 따로 독립된 하나의 심법구결이 들어 있는 것도 어딘지 아귀가 맞지 않았다.

어째서 두 개의 서로 전적으로 다른 구결이 한 초식 안에 들어 있는지 잘 이해가 되지 않았다. 그것을 가장 적절하게 설명하는 것은, 그것들이 원래 하나였기 때문이 아니었을까 하는 것이다.

'해보자.'

그의 성공의 세 번째 밑거름은 빠른 결단과 실행력이다. 그는 무슨 일이든 질질 끌지 않는다.

그는 즉시 운공조식을 시작했다. 독고지연이 자신의 몸에 특수한 수법, 즉 귀식대법을 펼쳐 놓았다는 사실마저도 너무 생각에 몰두한 나머지 잠시 망각했다.

그러므로 이런 상황에서 운공조식을 할 수 있을지 어떨지 생각해 보지도 않았다.

그는 우선 순서를 바꿔서 운공조식을 시도해 보았다. 권혼력을 일으키는 두 구절 중에서 늘 처음에 운공했었던 구절을 먼저 하고 그다음에는 독립된 심법구결에서 첫 번째 구절을 두 번째로 운공해 보았다.

그런 식으로 네 개의 구절을 이리저리 순서를 바꿔서 운공조식을 두루 해보고 나서 몇 가지 놀라운 사실을 깨닫고 또 터득하게 되었다.

첫 번째 깨달음은 예전하고는 다른 방식의 운공조식을 했는데도 오른팔에 권혼력이 생겼다는 사실이다.

그렇지만 지금처럼 바위 밑에 누워 있는 상황에서는 권혼력을 사용하기가 어렵기 때문에 한 번 권혼력을 사용하고서도 계속 오른팔에 권혼력이 남아 있는지의 여부를 확인할 수가 없다.

다만 지금까지의 방식이 아닌 다른 방식으로 운공조식을 해서 오른팔에 권혼력이 생긴 상황이라서, 어쩌면 이것이 오른팔에 상시 권혼력이 주입되어 있게 만들지도 모른다는 기대를 가질 수 있게 되었다.

두 번째 깨달음은 실로 획기적인 것으로써 권혼력을 오른팔에만 국한하지 않고 전신 어디로나 마음먹은 대로 보낼 수 있다는 사실이다.

권혼력을 두 팔 두 다리 어디로나 보낼 수 있다니 그건 정말이지 굉장한 사실이 아닐 수 없다.

그렇지만 이 사실이 빛을 발하기 위해서는 두 가지가 선행(先行)되고 또 증명되어야만 한다.

권혼력이 상시 체내에 주입되어 있어야 한다는 것과, 어느 주먹이나 어느 발을 뻗더라도 권혼력이 순식간에 반응을 해 줘야 한다는 것이다.

세 번째 깨달음은 네 개의 구절을 뒤에서부터 거꾸로 운공조식해서 얻게 되었는데, 그렇게 해도 하나의 독립된 심법구결이 성립된다는 사실이다.

만약 이 세 가지 깨달음이 모두 현실로 드러난다면 실로 굉장한 것이다.

짧은 네 구절 속에 권혼력을 일으켜 상시 주입된 상태가 되도록 하고, 권혼력을 온몸 어디로든 보낼 수도 있으며, 하나의 독립된 심법까지 들어 있으니 굉장하지 않은가.

결국 도무탄은 더 이상 기다릴 수가 없어서 지금 이 상황에서 권혼력을 한 번 사용해야겠다고 작정했다. 그래야지만 오른팔의 권혼력이 한 번 사용으로 소멸하는지 남아 있는지 확인을 할 수가 있다.

슥―

그는 오른팔을 들어 앞쪽 허공으로 뻗은 상태에서 가볍게 주먹을 한 번 내뻗었다.

즉, 주먹으로 무엇을 가격하지 않더라도 권혼력을 허공으로 방출하려는 것이다.

이렇게 하는 것은 예전에는 한 번도 해본 적이 없고 지금 즉흥적으로 생각해 낸 것이지만 일단 하면 될 것 같은 생각이 들었다.

권혼력을 방출하니까 오른손 주먹이 마치 모닥불에 가까이 댄 것 같은 약간 화끈한 느낌을 받았다. 그것은 주먹으로 무엇인가를 때렸을 때하고는 다른 느낌이었다.

팍!

그런데 그와 동시에 갑자기 아주 경미하면서도 둔탁한 음향이 앞쪽에서 들렸다.

'뭔가?'

그는 힘겹게 고개를 들어 발치 쪽을 쳐다보았다. 발 위쪽 천장 역할을 하고 있는 평평한 바위 밑바닥에서 부스스 돌가루 같은 것들이 떨어지고 있는 게 보였다.

그는 전면 위로 비스듬히 뻗고 있는 오른 주먹과 돌가루가 떨어지고 있는 바위 밑바닥을 번갈아 쳐다보았다. 그의 오른 주먹이 정확하게 바위 밑바닥을 겨냥하고 있었다.

즉, 그것은 방금 그의 주먹에서 발출된 권혼력이 바위 밑바닥을 가격해서 돌가루가 떨어지고 있다는 뜻이다.

'권풍……'

그런 생각이 반사적으로 번쩍 뇌리를 스쳤다. 그의 오른 주먹에서 돌가루가 떨어지고 있는 바위 밑바닥까지는 거리가 석 자 정도다.

그의 주먹에서 뿜어진 권혼력이 석 자 거리의 바위 밑바닥에 적중됐다는 것이다.

그는 단지 오른팔에 들어 있는 권혼력을 소비하려고 허공에 방출한다는 생각뿐이었는데 그게 권풍 비슷한 것이 될 줄은 전혀 예상하지 못했다.

일단 그는 권혼력을 방출하고 나서도 오른팔에 아직 권혼력이 있는지 확인해 보았다.

'있다!'

그는 오른팔에 여전히 권혼력이 팽팽하게 남아 있는 것을 확인하고는 뛸 듯이 기뻐서 하마터면 입 밖으로 소리를 지를 뻔했다.

그토록 애를 먹이던 것이었는데 귀식대법이 펼쳐진 상태로 바위 밑바닥 틈새에 누워 있는 동안 그것이 해결될 줄이야 그 자신도 예상하지 못했었다.

이제는 두 번째 깨달음, 즉 권혼력을 온몸 어디든지 보낼 수 있는지를 본격적으로 시험해 보기로 했다.

그것에 해당하는 운공조식을 조심스럽게 하면서 권혼력을 왼팔로 보내봤다.

'된다! 옮겨졌다!'

오른팔에 있던 권혼력이 왼팔에 팽팽해졌다. 이번에는 오른쪽 다리로 옮겨봤는데 그대로 이루어졌다. 그는 누운 채 권혼력을 온몸 여기저기로 보내고 거두는 수련을 반 시진쯤 계속했다.

'굉장하다……!'

그러다가 어느 한순간 그는 눈을 휘둥그렇게 뜨며 내심 환호성을 터뜨렸다.

권혼력을 온몸 곳곳으로 보내던 중에 어쩌다가 음경으로 보냈더니 음경이 극도로 발기, 아니, 확대하여 마치 서너 배 이상 커진 것 같고 또 음경으로 철판도 뚫을 수 있을 듯이 기운이 넘쳤다.

'후후… 나중에 연아에게 사용해 봐야겠다.'

본의 아니게 작은 소득을 하나 건졌다.

그가 혼혈에서 깨어난 지 두 시진이 넘도록 독고지연이나 녹상은 돌아오지 않고 있다.

그녀들이 도무탄을 이곳에 두고 간 것이 아침나절이었으며 그가 깨어난 시각이 정오 무렵이었으니까 지금은 늦은 오후가 되었다.

하지만 그는 권혼심결을 연구하는 데 푹 심취해 있어서 시간가는 줄 모르는 상황이다.

그녀들이 걱정이 되지만 그로서는 할 수 있는 게 아무것도 없으며 또한 이것을 한시바삐 성공시키는 것이 그녀들을 돕는 길이라 여기고 전력을 다했다.

한동안 권혼심결 일 초식을 갖고 이것저것 두루 해본 결과 애석하게도 그는 단점이라고 할 수 있는 두 가지 사실을 밝혀냈다.

그중 하나는 새로 발견해 낸 운공조식을 전개하면 오른팔의 권혼력을 여러 차례 사용할 수 있는 반면에, 사용하는 동안 점차 권혼력의 위력이 감소하다가 나중에는 아예 사라져 버린다는 사실이다.

대충 다섯 번까지는 권혼력의 위력이 쓸 만한 것 같은데 그 이후는 위력이 급격하게 감소하다가 여덟 번쯤에서 완전히 사라진다.

단점으로 밝혀진 또 하나의 사실은, 권혼력을 온몸 어디로나 보낼 수 있기는 한데 그러려면 약간의 시간이 소요된다는 사실이다.

말하자면 권혼력을 왼팔로 보내면 계속 그 상태로만 싸워야 하고, 권혼력을 다른 곳으로 보내려면 잠시 싸움을 멈추고 운공조식을 해야 한다는 것이다.

그런 상황이니 새롭게 깨닫게 된 것들이 절름발이라고 할 수밖에 없다.

한창 싸우다가 체내에서 권혼력이 사라져 버린다든가, 오른팔에 권혼력이 집중된 상황에서 싸우다가 적이 왼쪽이나 다른 방향에서 공격해 오면 속수무책이 돼버리기 때문이다.

　'아니다. 이게 전부일 리가 없다. 반드시 뭔가 해결책이 있을 것이다.'

　그는 또다시 해결책을 찾아내기 위해서 절치부심하며 궁구에 몰입했다.

　'이게 가능할까?'

　바깥에는 어둠이 내려앉았으나 그런 줄도 모른 채 그는 해결책을 찾아내는 일에만 골몰했다.

　그는 지금까지 열다섯 개의 방법을 궁리해서 시험해· 봤었고 애석하게도 모두 실패했다.

　그리고 방금 생각해 낸·방법이 열여섯 번째인데 그다지 기대를 걸고 있지 않았다.

　지금 시험해 보려는 방법은 이곳에서 처음에 발견한 세 개의 깨달음을 하나로 뭉뚱그려서 시도해 보는 것이다.

　즉, 세 개의 운공조식 구결을 하나의 구결로 만들어서 운공조식하는 것이다.

　말도 안 되는 방법이다. 잡탕국도 아니고 각기 성질이 다른 세 개의 구결을 뒤섞어서 하나로 만들다니 그런 게 성공할 리가 없다.

'헛?'

한 차례 운공조식을 한 도무탄은 내심 적잖이 놀랐다. 방법을 열다섯 번씩이나 바꿔가면서 하는 동안 꼼짝도 하지 않던 권혼력이 이번에는 꿈틀거렸으며, 오른팔이 아니라 전신 어디에나 보내주기만을 기다리는 것 같았다.

그리고 마지막 느낌은 묘했다. 그것은 마치 웅덩이에 오랫동안 깊이 빠져 있던 마차 바퀴가 비로소 움직이기 시작하려고 덜컹대는 것 같았다.

이것은 전체 백 개 중에서 한두 개가 잘못되어 실행되지 않는 듯한 느낌이 강했다.

그것은 곧 한두 개를 바로 잡아주면 곧바로 실행이 될 것이라는 뜻이기도 하다.

'뭐가 잘못된 것인가?'

익히 잘 알고 있는 것 중에서 잘못된 것을 선별하는 일은 쉽겠으나 이것은 전부 생소한 것투성이라서 닥치는 대로 이것저것 해보지 않고는 바로 잡기가 어려웠다.

결국 그는 시간이 오래 걸리더라도 하나씩 해보는 수밖에 없다고 판단했다.

어느덧 밤이 깊었으며 귀식대법도 풀려서 호흡을 하고 심장도 뛰고 있으나 권혼심결 일 초식에 깊이 몰두해 있는 그로서는 전혀 알지 못했다.

그의 머릿속에는 오로지 권혼심결 일 초식을 완성시키는 일만 가득 들어차 있을 뿐이다.

그는 녹상에게 권혼을 받은 이후 많은 시간을 들여서 권혼심결을 이해하려고 애썼고 또 연마했으나 지금처럼 심도 있게 깊이 빠져든 적은 한 번도 없었다.

그러나 백 개 중에 한두 개가 잘못됐다는 생각은 아무래도 착각인 듯했다.

한두 개가 잘못됐다면 몇 차례만 응용하여 운공조식을 해보면 즉각 답이 나올 텐데, 밤을 꼬박 새우고 새벽이 올 때까지도 그는 답을 찾지 못하고 있었다.

그러다가 어느 한순간 도무탄은 심장, 아니, 간이며 폐 등 온갖 장기와 내장이 덜컥! 하고 멈추는 듯한 강한 느낌을 받았다.

그우우…….

그리고 체내에서 이상한 소리가 들리는가 싶더니 몸이 반듯하게 누운 상태에서 풀쩍 위로 튀어 올랐다가 바위 밑바닥에 부딪치고는 다시 아래로 떨어졌다.

쿵!

그 바람에 그는 얼굴에 둔탁한 충격을 받았고 몸이 아래로 떨어지면서 묵직한 소리를 냈다.

하지만 그런 게 문제가 아니다. 그 순간부터 그의 체내에서 희한한 일이 벌어지기 시작했다.

'이… 게 뭔가?'

놀랍게도 운공조식이 되고 있는 중이다. 그가 구결을 외우지도 않고 진기를 혈맥이나 혈도로 이끌지 않고 있는데도 저절로 운공조식이 되고 있는 것이다.

그뿐만이 아니라 오른팔에 있던 권혼력이 단전으로 위치를 옮겼다.

권혼력을 생성시키는 운공조식을 하면 언제나 오른팔에 자리를 잡았던 권혼력이 지금은 처음부터 거기가 자신의 집인 양 단전에 떡하니 자리를 잡고 있는 것이다.

'어떻게 이런 일이…….'

이것은 필경 그 자신이 해낸 일이다. 그가 아무것도 하지 않았는데도 불구하고 느닷없이 펑! 하고 이런 일이 벌어졌을 리는 없다.

그래서 결과는 언제나 그 원인과 같거나 그보다 크다는 홀륭한 말이 있는 것이다.

'성공한 것인가?'

두근거리는 가슴을 겨우 억제하면서 그는 조심스럽게 천

천히 오른팔을 들어 올리며 권혼력을 그곳으로 보내려고 마음을 먹었다.

'왔다!'

그 순간 권혼력은 이미 오른팔에 가득 들어찼다. 마음먹은 것과 동시에 권혼력이 움직였다.

'왼팔… 우웃! 벌써!'

왼팔이라고 생각하는 순간 권혼력은 어느새 왼팔에 와 있었다. 이쯤 되면 기뻐서 날뛸 만도 한데 그는 은근히 욕심이 생겼다.

주마가편(走馬加鞭)이다. 달리는 말에 채찍을 가한다는 것이다. 이왕이면 이런 기회에 제대로 된 권풍을 시작만이라도 해두고 싶었다.

그는 아까, 아니, 어제 오른팔의 권혼력을 비우려고 허공에 방출했다가 석 자 거리의 바위 밑바닥을 적중시켰던 일을 잊지 않고 있었다.

'모름지기 일이란 단숨에 이루는 것이다. 이런 상황일수록 더더욱 그렇다.'

그는 더 이상 권혼심결 일 초식에 매달리지 않고 이번에는 이 초식, 즉 천신권격 제삼변 권풍의 구결을 떠올린 즉시 단전의 공력, 아니, 권혼력을 구결에 따라 움직였다.

그의 공력은 더 이상 단순한 공력이 아니게 되었다. 권혼력이 단전에 자리를 잡은 이상 공력은 곧 권혼력이라는 식이 성립되었다.

권풍의 구결을 외우는 것과 동시에 그는 전방의 바위 밑바닥을 향해 아까처럼 오른 주먹을 힘껏 뻗었다.

쿵—

퍽!

다음 순간 두 가지 음향이 동시에 터졌으며 고막이 먹먹해졌다. 주먹에서 권혼력이 발출되는 음향과 그것이 바위 밑바닥에 부딪치는 음향이다.

우웅…….

투두둑…….

그 둔중한 충격으로 바위 전체가 나직한 울음을 토하며 잔잔하게 진동했고 권풍이 적중된 바위 밑바닥에서 떨어져 나간 돌덩이들이 쏟아졌다.

어제 실수처럼 발출했던 권혼력은 돌가루를 뿌렸으나 방금 작심하고 뻗은 권풍은 바위를 깨뜨려서 주먹 크기의 돌덩이들을 쏟아냈다.

'됐다…….'

도무탄의 심장이 기쁨으로 미친 듯이 두근거렸다. 권풍이 바위에 적중되어 저 정도로 돌덩이가 깨질 정도라면 그것을 사람이 맞으면 정말 볼만할 터이다.

'처음 하는 것치고서 이 정도면 성공이다.'

이후 그는 누운 자세에서 바위 밑바닥 이곳저곳을 향해 백여 차례 이상 권풍을 날렸다.

그러는 사이에 누가 만약 이 근처에 있었다면 그는 영락없이 발각되고 말았을 것이지만 다행히 아무도 그를 방해하지 않았다.

'이제 그만하자.'

그는 한 시진 동안 잠시도 쉬지 않고 권풍 연마를 했다. 그런데도 팔이 아프다거나 숨이 차지도 않았으며 단전에서는 마르지 않는 샘물처럼 끝없이 권혼력을 공급해 주었다.

그리고 그는 그 원인을 알게 되었다. 어젯밤인가, 몸이 풀쩍 뛰어올랐다가 떨어지고 나서는 저절로 운공조식이 시작되더니 그게 아직까지도 유지되고 있었다.

도대체 어떻게 이런 일이 있을 수 있는 것인지 불가해(不可解)한 일이지만 그것은 분명한 사실이다.

권혼력을 줄기차게 사용해도 끝없이 계속 샘솟는 것을 보면 알 수가 있다.

그것은 마치 호흡이나 심장박동처럼 그가 살아 있는 동안 멈추지 않고 계속될 것만 같았다.

그렇지만 언젠가는 멈출 것이다. 세상천지에 한 번 시작된 운공조식이 살아 있는 동안 내내 계속되는 일은 없다.

그가 처음 전개했던 권풍의 위력보다 마지막 백여 번째의 권풍의 위력이 조금 더 강력해졌다.

구태여 정확하게 말하자면 처음보다 이, 삼 할쯤 강력해진 것 같았다.

그리고 그는 '권풍'이라는 이름이 너무 밋밋하다는 생각이 들었다.

손바닥에서 발출한다고 '장풍'이고 주먹에서 뿜어지면 '권풍' 식의 이름은 무림에 대해서 잘 모르는 그가 생각하기에도 식상했다.

그래서 이름을 '권신탄(拳神彈)'이라고 지었다. 그는 자신의 이름이 매우 멋있다고 생각하는데 그중에서도 '탄'자를 가장 좋아했다.

도무탄은 바위 아래쪽 틈새를 막아놓은 큼직한 돌 몇 개를 밀어내고는 밖으로 몸을 굴려서 나왔다.

'도대체 시간이 얼마나 흐른… 엇?'

일어서면서 하늘을 올려다보다가 태양의 위치가 동쪽에 있는 것을 발견하고 그는 움찔 놀랐다.

지금 시각이 자신이 바위 틈새로 들어갔었던 시각과 비슷했기 때문이다.

그렇다는 것은 그사이에 최소한 하루 이상의 시간이 흘렀다는 뜻이다.

기껏해야 서너 시간쯤 흘렀을 것이라 생각하고 있었던 그는 큰 충격을 받았다.

하루가 지난 이 시간까지 독고지연과 녹상이 돌아오고 있지 않기 때문이다.

'도대체 어떻게 된 것인가? 하루가 지나도록 돌아오지 않다니 설마 무슨 변이라도 당한 것인가?'

그는 아무리 시간이 많이 흘렀어도 하루 이상은 아닐 것이라고 믿었다.

그리고 이곳에서 계속 그녀들을 기다리는 것은 어리석은 일이라는 생각이 들었다.

하루 이상 동안 돌아오지 않는다는 것은 그녀들 신변에 변고가 발생했다는 뜻이기 때문이다.

하지만 그는 그녀들이 어느 쪽으로 갔는지조차도 모른다. 다만 애초부터 그와 그녀들이 무영검가가 있는 북경성, 즉 동쪽으로 가려고 했었기 때문에 그녀들을 찾으러 동쪽으로 가기로 마음을 먹었다.

그는 주위의 기척을 감지하려고 귀를 쫑긋거렸다. 그러자 산속에서 나는 여러 가지 소리가 기다렸다는 듯이 양쪽 귀로 쏟아져 들어왔다.

'헛! 이게 무슨……'

그는 난데없이 밀려드는 온갖 잡소리에 화들짝 놀랐다. 그러나 그 소리들이 산속에서 나는 바람 소리, 물 흐르는 소리, 낙엽이 날리는 소리 등이라는 것을 깨달았다.

'어째서……'

어째서 갑자기 그런 자질구레하고도 미세한 소리들까지 한꺼번에 들리는 것인지 궁금하게 여겼으나 곧 그 해답을 찾아냈다.

그가 귀를 쫑긋거리니까 권혼력이 두 귀로 집중되어 청각을 크게 확대한 것이 분명하다.

권혼력이 그의 단전에 머물게 된 이후부터는 행동의 모든 것이 권혼력을 중심으로 새롭게 정리되고 있었다.

'가자!'

그는 주위를 둘러보다가 동쪽을 향해 경공술 비류행을 전개하여 달리기 시작했다.

쉬이익!

순간 그의 신형이 최대한 팽팽하게 당겨졌다가 갑자기 놓은 시위에서 쏘아낸 화살처럼 무서운 속도로 동쪽 산비탈을 향해 쏘아갔다.

"허엇!"

그 자신으로서도 전혀 예측하지 못했던 엄청난 속도인 탓에 미처 균형을 잡지 못하고 허공에서 팔다리를 마구 허우적거렸다.

펙! 우지직!

그러다가 한 그루 아름드리나무와 정면으로 부딪쳐서 나무를 부러뜨리고 땅바닥에 내동댕이쳐졌다.

그런데도 설잠운금의를 입고 있는데다 나무와 부딪치고 또다시 땅과 부딪치는 부위에 권혼력이 집중되었기 때문에 다치지 않았을 뿐만 아니라 하나도 아프지 않았다.

"하하!"

그는 퉁기듯이 벌떡 일어나서 호탕하게 웃고는 다시 달리기 시작했다.

쉬이익!

가파른 산비탈 오르막이지만 그는 건강한 준마가 최고 속도로 평지를 달리는 것보다 더 빠른 속도로 거침없이 쏘아 올랐다.

第三十三章

비극적(悲劇的)인

도무탄은 바위 틈새에서 빠져나온 곳으로부터 동쪽으로 삼십여 리쯤을 한시도 쉬지 않고 달렸지만 독고지연과 녹상은 물론이고 소림무승을 비롯한 추격대를 한 명도 발견하지 못했다.

　이윽고 그는 잠시 멈추고 주위의 동정을 살피기 위해서 귀를 기울였다.

　그 순간 권혼력이 두 귀로 집중되어 주위 수백 장 이내의 소리들을 최대한 끌어당겨 집약했다.

　"추격대가 천상옥화를 북쪽으로 몰아가고 있다는 게 정확한 정보겠지?"

그중에서 가래가 끓는 듯한 중년인의 목소리가 제일 크게
들렸다.

쉬잇—

도무탄의 신형은 어느새 목소리가 들려온 방향으로 방향
을 바꾸어 구름이 흐르듯이 쏘아가기 시작했다.

목소리가 어디에서 들려오고 있는지 두리번거리지도 않고
몸이 반응하는 대로 맡겨두고 쏘아갔다.

"그래. 천상옥화가 자기네 집이 있는 북경성으로 갈 것이
라고 예상한 무림고수들이 앞길을 막아버리니까 그녀는 방향
을 틀어서 북쪽 오대산으로 가고 있다는군."

대화를 나누는 것은 두 명의 무림고수인데 북쪽으로 향하
고 있으며 도무탄은 그 뒤쪽으로 유령처럼 접근했다.

"그녀가 권혼을 갖고 있다는 무진장이라는 놈하고 관계가
있는 게 분명한가?"

"틀림없어. 무진장에게 권혼을 판 녹향의 딸 녹상이라는
년하고 천상옥화가 원평포구와 그 외 몇 군데에서 같이 있는
것을 여러 사람이 봤다는 거야."

"그게 정말이라면 천상옥화를 잡아서 족치면 무진장이란
놈이 있는 곳을 알아낼 수 있겠군."

"그렇지."

둘의 대화를 듣고 있는 도무탄은 화가 치밀었다. 계학지욕(谿壑之慾)이라고, 정말이지 인간의 탐욕은 끝이 없다. 그는 이들 두 명이 권혼을 노리는 무림고수, 즉 추격대가 틀림없다고 판단하여 죽이기로 마음먹었다.

이대로 내버려 두면 이들이 도무탄 자신이나 독고지연, 녹상 세 사람 중에 누구 한 사람을 추격하고 또 괴롭힐 것이 분명하니까 아예 지금 기회가 있을 때 죽여서 미리 싹을 자르려는 것이다.

지금 이곳은 울창한 산속이고 눈이 많이 와서 바닥에 석 자 이상 쌓여 있는 상태다.

경공술을 전개하고 있는 두 명은 발목까지만 눈에 빠지면서 달리고 있다.

보통 사람이라면 눈에 허벅지까지 빠져서 십 장을 전진하는 데 일각 이상은 걸릴 테지만, 이들은 보통 사람이 눈 없는 평지를 달리는 것보다 두 배 정도의 속도로 달리고 있으니 일류 중에서도 중급(中級)의 고수, 요즘 무림의 분류로 치자면 일중급(一中級)의 고수다.

반면에 그 뒤를 따르고 있는 도무탄은 눈 위를 달리는데도 앞선 두 명보다 세 배 이상 빠른 속도다.

더구나 발끝으로 살짝살짝 눈 위를 디디면서 질주하는데 자세히 들여다봐야지만 흔적을 발견할 수 있을 정도이고 한 번 디딜 때마다 놀랍게도 이 장 이상 앞으로 쑥쑥 비상하고 있다.

그럴 수 있는 첫 번째 이유는 비류행이 실로 타의 추종을 불허할 정도로 뛰어나다는 것에 있으며, 두 번째 이유는 권혼력의 놀라운 능력이다.

그가 발을 뻗을 때마다 권혼력이 두 발끝으로 주입되어 최대한 몸을 가볍게 만들면서 동시에 강력한 추진력을 발휘하기 때문이다.

얼마 전까지만 해도 권혼력은 그의 오른 주먹으로 물체를 직접 쳐서 충격을 주는 것에 그쳤었지만, 지금 권혼력은 그에게 힘의 근원이자 원동력이 되었다. 권혼력만 있으면 두려울 것이 없다.

그가 일 장 뒤까지 접근하도록 두 명의 무림고수는 그 사실을 까맣게 모르고 대화에만 열중했다.

"혹시 해룡방주 무진장이라는 놈이 권혼을 대성한 것은 아닐까?"

"그놈이 권혼의 방식으로 무림고수들을 죽였다는 소문은 아직 없네."

"맞아. 권혼은 그런 돈밖에 모르는 형편없는 놈이 대성을 이룰 만큼 호락호락하지 않지."

"그럼, 그럼. 적어도 우리 정도는 돼야……."

퍽! 퍽!

"끅!"

"캑!"

두 명의 대화는 거기에서 끊어졌다. 방금 그들이 돈밖에 모르는 형편없는 놈이라고 깎아내렸던 무진장이 유령처럼 뒤로 접근하여 주먹으로 번개같이 뒤통수를 한 대씩 때려서 머리를 박살 내서 그대로 즉사해 버린 것이다.

어깨 위의 머리가 사라진 두 개의 몸뚱이는 목에서 분수처럼 피를 뿜으면서 달리던 힘에 의해서 뒤뚱거리며 몇 걸음 나아가다가 풀썩 쓰러졌다.

도무탄은 멈춰서 흰 눈 위에 엎어져 있는 두 구의 시체를 굽어보며 뺨을 씰룩거리면서 중얼거렸다.

"삼백여 년 전의 천신권은 나 도무탄에게 권혼을 주었고 그것은 운명이다."

그는 허공을 향해 주먹을 휘둘렀다.

"앞으로 나는 그 사실을 감추지 않을 것이며 상대를 죽이기 전에 반드시 한 번 경고하겠다. 그러나 그래서도 물러나지 않으면 죽일 수밖에 없다."

보통 사람들은 아무리 욕심이 생기더라도 목숨을 거는 일 따위는 하지 않는다.

그러나 무림인들은 다르다. 죽을 둥 살 둥 모르고 불을 보고 달려드는 불나방 같다.

아마도 그것은 보통 사람들의 욕심하고는 다른 욕심이기 때문일 것이다.

도무탄은 비류행을 전개하여 북쪽으로 쉬지 않고 달리고 또 달렸다.

이각 전에 그가 죽인 두 명의 무림인은 추격대가 천상옥화를 북쪽으로 몰아가고 있다고 말했었다.

그녀는 천신권의 권혼하고는 아무런 연관이 없으면서도 도무탄의 여자라는 사실 때문에 생사의 도주를 하고 있는 중이다.

그녀가 지금 현재도 계속 쫓기고 있는 것을 보면 그녀 자신이 무진장하고 아무런 관계가 없다고 주장하지 않는다는 뜻이다.

스스로의 결백을 강력하게 주장한다면 어쩌면 추격을 뿌리치거나 추격대를 설득할 수도 있을 터이다.

그런데 그녀의 침묵이 탐욕에 눈이 멀어버린 추격대로 하여금 그녀와 무진장이 깊은 관계가 있을 것이라는 믿음을 주고 있는 것이다.

그녀는 그녀 나름대로 그렇게 해서 추격대를 도무탄으로부터 최대한 멀찍이 떼어내고 있는 중이다.

'연아…….'

그런 생각을 하니까 도무탄은 그녀가 기특하고 또 안쓰러우며 보고 싶어서 견딜 수가 없는 심정이다.

그런 반면에 그녀를 짐승 몰듯이 추격하고 있는 추격대들이 찢어 죽이고 싶도록 증오스러웠다.

'그런데 상아는…….'

뒤늦게 문득 녹상이 생각났다. 독고지연이 염려된다면 녹상도 마찬가지다. 그녀는 지금 어디에서 무얼 하고 있는지 궁금하기 짝이 없다.

그러고 보니까 독고지연이 나타난 이후부터 그는 녹상에겐 전혀 신경을 쓰지 못했었다.

그전까지는 도무탄 곁에 그림자처럼 녹상이 붙어 있었는데 그 자리를 독고지연이 차지하고 대신 녹상은 한동안 까마득하게 잊고 있었다.

그날 밤 서림장에서 다 함께 만취하여 독고지연과 녹상을 양쪽에 끼고 잤을 때 그녀들하고는 아무 일도 없었던 것이 분명했다.

독고지연이 순결을 유지하고 있었던 것이 그 사실을 증명하고 있었다.

독고지연이 나타나기 전까지 도무탄은 녹상하고 정사를 했을 것이라고 막연히 생각했었고 그녀도 그렇게 생각했던 것이 분명하다.

그러면서도 서로 거기에 대해서는 일언반구 아무 말도 하지 않은 채 어정쩡하게 지냈었다.

'상아, 제발 무사해라.'

녹상에게 소홀했던 것이 괜히 미안해서 그는 마음속으로 간절하게 빌었다.

현재 그가 달리고 있는 곳은 지상으로부터 오륙백 장 높이의 북쪽으로 길게 뻗은 구릉이다.

하늘을 찌를 듯 까마득하게 솟아 있는 오대산 주봉(主峰)의 남쪽으로 가까이 갈수록 산세가 높아지고 험준해지면서 초목이 사라지고 있었다.

여기저기에 나무가 드문드문 있고 그밖에는 설원이 끝없이 펼쳐져 있으며, 그 끝에 마치 신기루처럼 하늘과 닿아 있는 거대한 오대산 주봉이 보였다.

겨울이 끝나고 늦봄이 되어 산의 눈이 다 녹으면 오대산은 시뻘건 황토(黃土)를 드러낸다.

조금 전까지만 해도 파랗게 맑던 하늘이 꾸물꾸물 어두워지는가 싶더니 어느새 주먹 크기만 한 함박눈이 펑펑 쏟아지기 시작했다.

휘이잉―

그리고는 눈보라로 돌변하여 보통 사람이라면 삼, 사 장 앞이 보이지 않을 정도가 돼버렸다.

도무탄은 방란촌의 집을 떠날 때에는 모친이 내준 두툼한 짐승 털옷을 입고 있었다.

그러나 권혼력이 단전에 위치를 잡은 이후부터는 몸에서 열이 활활 나는 바람에 너무 더워서 털옷을 벗어서 내버리고 얇은 경장만 입고 있는 모습이다.

그렇지만 칼날처럼 날카롭게 휘몰아치는 눈보라가 아무렇지도 않았다. 물론 추위는 조금도 느끼지 않았으며 지독한 눈보라 속에서도 족히 백 장 이상의 가시거리(可視距離)를 확보할 수 있다.

그가 두 번째 무리를 발견한 것은 그 즈음이었다. 아니, 눈으로 발견하기 전에 눈보라하고는 많이 다른 파공음을 청력이 먼저 감지해 냈다.

파아아…….

그것은 여러 개의 옷자락이 세찬 바람에 거세게 날리는 소리와 묵직한 물체들이 눈보라를 맞으며 전진하고 있는 소리였다.

도무탄은 그들이 누군지 확인하지 않고서도 독고지연을 쫓고 있는 추격대일 것이라고 확신하고 더욱 속도를 높였다.

머지않아서 그는 십여 장 앞에서 다섯 개의 인영이 무리를 이루어 눈보라를 뚫으면서 북쪽으로 달려가고 있는 광경을 발견했다.

어깨에 도검을 멘 무림인 다섯 명이 무리를 지어서 이동을 하고 있다면 한통속이라는 뜻이다.

무림은 다른 세계보다 훨씬 더 배타적이라고 녹상에게 들은 기억이 있었다.

그렇기에 낯선 자는 무리에 끼워주지 않고 자기들끼리만 똘똘 뭉치려는 습성이 강하다.

말하자면 초록동색(草綠同色)인 셈이다. 그러니까 함께 다닌다면 같은 무리가 분명하다.

팍!

도무탄은 그들의 뒤에서 발끝으로 눈을 박차고 훌쩍 허공으로 비스듬히 솟구쳤다.

여기까지 오면서 줄곧 생각했지만 녹상에게 배운 비류행은 정말 훌륭한 신법이다.

한 번의 가벼운 도약만으로 그는 찰나지간에 다섯 명의 머리 위에 도달했다.

그가 도약하는 미약한 소리에 다섯 명이 급히 신형을 멈추면서 뒤돌아보았지만 뒤쪽에는 아무도 없었다.

도무탄은 이미 그들의 머리 위를 날아 넘어서 앞쪽에 소리 없이 내려서고 있었다.

다섯 명은 재빨리 주위를 둘러보다가 앞쪽 이 장 거리에 장

승처럼 우뚝 서 있는 도무탄을 발견하고 분분이 놀라는 표정을 지었다.

"헛! 웬 놈이냐?"

"누구냐?"

이들은 하나같이 일류고수인데도 불구하고 도무탄이 이목을 감쪽같이 속이고 지척에 유령처럼 나타났으니 놀랄 만도 한 일이다.

도무탄은 거두절미하고 다섯 명을 천천히 훑어보면서 입을 열었다.

"당신들은 천상옥화를 추격하고 있소?"

다섯 명은 어리둥절한 표정으로 서로의 얼굴을 쳐다보았다. 대저 이런 식으로 질문하는 자는 없기 때문이다.

그러나 그들은 도무탄 외에는 주위에 아무도 없다는 것과, 그의 나이가 어리며 고수다운 면모나 기도 같은 것도 전혀 보이지 않기에 하수라 여기고 방금 전까지 팽팽했던 긴장의 끈을 늦추었다. 즉 깔보는 것이다.

"그걸 네놈이 알아서 무얼 하려는 게냐?"

도무탄은 상대의 말본새로 미루어 질이 좋지 않은 자들일 것이라고 판단했다.

무림이든 어느 세계든 정의로운 인물들은 언행부터가 반듯하게 마련인데 이들은 반대다.

도무탄은 다섯 명을 찬찬히 살펴보면서 두 가지 생각이 떠올랐다.

과연 자신이 이들 일류고수로 보이는 다섯 명을 한꺼번에 상대할 수 있을까 하는 것과 이들이 좋지 않은 부류 같으니까 죽이는 것에 죄의식을 느끼지 않아도 된다는 것이다.

그의 유일한 친구인 소연풍은 그에게 '죽을 듯이 수련하고 틈만 나면 싸우라'고 충고했었다.

더구나 지금은 권혼력이 상시 단전에 자리를 잡고 있는 상황이라서 돈을 주고서라도 싸움을 주선해야 하는 판국인데 코앞에 닥쳐온 싸움을 마다하는 것은 말이 되지 않는다.

그는 가슴을 활짝 펴고 다섯 명에게 경고했다.

"내 이름은 무진장이고 이미 권혼을 연마했으니 지금이라도 물러서는 사람은 죽이지 않겠소."

"뭐어? 무진장?"

"해룡방주 무진장이다!"

다섯 명은 크게 놀라 부르짖었으나 물러서는 자는 한 명도 없고 모두 눈에 탐욕이 일렁거렸다.

차창!

스으…….

"나는 분명히 경고했소."

도무탄이 말하면서 슬쩍 걸음을 내딛는 순간 이미 무리의 맨 앞에 서 있는 두 명의 한 걸음 앞에까지 미끄러지듯이 도달하고 있었다.

그 광경을 목격한 그들은 움찔 놀라면서 다급히 어깨의 도검을 뽑았다.

차창—

그 순간 도무탄은 두 주먹에 권혼력을 주입하면서 두 팔을 벌려 맨 앞의 두 명의 가슴을 천신권격 천쇄의 수법으로 짓이겼다.

뻐뻑!

"큭!"

"끅!"

그의 주먹은 두 명의 가슴을 관통하거나 꽂히지 않았다. 주먹이 가슴에 닿는 순간 권혼력이 발출되면서 가슴에 주먹 크기의 구멍을 뚫어버렸다.

두 명이 가슴이 뚫리는 것과 동시에 뒤로 퉁겨져 날아가자 뒤쪽에 있던 자들은 죽은 동료의 몸뚱이를 피하려고 순간적으로 우왕좌왕했다.

순간 즉사해서 날아가는 자들을 그림자처럼 바짝 따르며 무리의 한가운데로 돌진한 도무탄의 두 손이 천신권격 제이변 신절을 발휘했다.

빠드득… 콰직…….

"끄악!"

"흐아악—!"

그가 왼손으로는 신절의 조탁(彫拓)을 오른손으로는 요단(拗斷)을 각기 따로 전개하자 거기에 스친 두 명은 처절한 비명을 지르면서 나뒹굴었다.

스쳤다고는 하지만 신절의 수법이 마치 스치는 것 같기 때문이고 실상은 스치면서 비틀고 꺾으며 부수는 것이다.

금나수법인 신절의 조탁을 전개한 왼손은 적 한 명의 머리를 잡아서 목 속으로 깊숙이 쑤셔 박았고, 오른손 요단은 가슴을 훑어서 찰나지간에 갈비뼈들이 모조리 부러지면서 심장과 간과 폐와 내장을 짓찢어발겼다.

도무탄의 두 손 열 손가락에는 무소불위의 권혼력이 실려 있으므로 뼈와 살로 이루어진 인간의 몸뚱이쯤 찢어발기는 것은 식은 죽 먹기다.

마지막 한 명을 제압해서 물어볼 것이 있지만 도무탄은 제압을 하려면 어떤 수법을 사용해야 하는지 전혀 알지 못했으며, 기왕지사 네 명이나 죽인 마당이라서 내친 김에 살수를 멈추기가 어려웠다.

그래서 잔뜩 겁을 집어먹은 표정으로 막 몸을 돌려서 도망치려고 하는 일 장쯤 떨어져 있는 마지막 한 명에게 반사적으로 오른 주먹을 뻗어 권풍, 아니, 권신탄(拳神彈)을 발출했다.

큐웅!

그때 도무탄은 권신탄이 노을빛이라는 사실을 처음으로 알게 되었다.

주먹에서 진홍색의 엷은 기운이 폭발하듯이 번쩍이며 뿜어져 나갔다.

그런데 조금 실망스러운 일이 벌어졌다. 번갯불처럼 뿜어진 권신탄이 일 장 거리에 있는 적에게 미치지 못하고 중도에서 스러졌다.

일직선으로 쏘아져 나간 진홍색 빛줄기가 햇살 아래 무지개처럼 사라져 버린 것이다.

내친김에 권신탄을 전개했는데 아직은 일 장까지 도달하는 것은 무리였다.

마지막 한 명은 어느새 삼 장까지 도망치면서 눈보라 속으로 몸을 감추고 있다.

"흐으으……."

사색이 되어 도망치고 있는 그는 힐끗 뒤돌아보고는 아무도 쫓아오지 않자 조금 안도하는 표정을 지었다. 더욱 거세진 눈보라가 시야의 벽을 쳐줘서 그를 감춰주었기에 조금 더 안심이 되었다.

"으으… 무서운 놈. 이미 권혼을 대성했구나……."

그는 벌벌 떨며 중얼거리면서도 어서 가서 이 사실을 모두에게 알려야겠다고 생각했다.

뻐걱!

그때 하나의 물체가 그의 머리 위에서 빠르게 하강하면서 짧고 강하게 얼굴을 걷어찼다.

비류행으로 신형을 날린 도무탄은 마지막 한 명의 머리 위에서 뚝 떨어지면서 권혼력이 주입된 오른발로 그자의 얼굴을 차버렸다.

그 바람에 그자는 비명조차 지르지 못하고 달려가다가 앞으로 엎어졌으며, 목 위에서 분리된 머리통은 눈보라 속으로 멀리 사라졌다.

눈보라가 멈추자 사위는 태초의 고요함에 빠졌다.

도무탄은 오대산 주봉을 이십여 리쯤 남겨놓은 곳에 이르렀을 때 전방 저 멀리에서 한 사람이 걸어오고 있는 모습을 발견했다.

안력(眼力), 즉 두 눈에 권혼력을 집중해서 주시해 보니까 이백오십 장 전면에서 경공술이 아닌 그냥 터벅터벅 걸어서 오고 있는 사람이 선명하게 보였는데 사십 대 중반의 중년인이었다.

한 자루 도를 어깨에 메었으며 원래 수염을 기르는 얼굴이 아닌데 며칠 동안 면도를 하지 못해서 덥수룩하게 수염이 자란 듯한 모습을 하고 있었다.

비류행을 전개하던 도무탄은 경공술을 거두고 천천히 걸어가기 시작했다.

보통 사람이라면 눈이 허리까지 푹푹 빠지겠지만 그는 아주 흐릿한 발자국만 남았다.

그는 마주 오고 있는 중년인에게 북쪽의 상황에 대해서 물어봐야겠다고 생각했다. 독고지연이 어디쯤 있으며 얼마나 더 가야 하는지 궁금했다. 운이 좋으면 녹상에 대해서도 알 수 있을지 모른다.

지금까지 추격대는 북쪽으로 몰려가기만 했었지 남쪽으로 돌아오는 사람은 한 명도 없었는데 중년인이 처음이다.

중년인은 고개를 숙인 채 걸어오다가 가끔 고개를 들고 앞을 쳐다보고는 하는데 마주 걸어오고 있는 도무탄을 발견하고도 별다른 표정의 변화가 없었다.

중년인은 눈에 두 치 깊이의 발자국을 남기는 것으로 봐서 무공 수준을 따지자면 일류고수 중에서도 상급에 속하는 일상급(一上級) 정도다.

중년인의 한쪽 뺨에는 눈썹에서 귀에 이르는 길고 보기 싫은 흉터가 있었다.

그의 얼굴을 자세히 뜯어보면 좋은 인상인데 그 흉터와 오랜 세파에 갈고 닦인 듯한 주름이 그를 강퍅한 인상으로 보이게 만들었다.

다섯 걸음 정도로 가까워졌을 때 도무탄이 그를 불러 세우려고 했는데 뜻밖에도 그가 먼저 말을 걸었다.

"젊은 친구, 권혼 때문에 북쪽으로 가는 것인가?"

그의 외모에 걸맞게 낮고 굵으며 묵직한 목소리다.

도무탄은 고개를 끄떡였다.

"그렇소."

중년인은 손을 저었다.

"그렇다면 돌아가게. 북쪽에 권혼은 없네."

도무탄은 독고지연에게 무슨 일이 생겼나 싶어서 바싹 긴장한 표정이 되었다.

"무슨 일이 있었소?"

뺨의 흉터 때문에 강퍅하면서도 험상궂은 인상을 강하게 풍기는 중년인은 몹시 지친 듯한 얼굴로 말했다. 아니, 그는 육체적으로 지친 것이 아니라 왠지 마음이 지친 것 같은 모습이다.

"많은 사람이 죽었네."

"무엇 때문에 죽었소?"

중년인은 두리번거리다가 나지막한 바위로 보이는 곳의 눈을 쓸어내고 그곳에 앉아서 옆을 턱으로 가리켰다.

"나는 좀 쉬어야겠는데 젊은 친구도 좀 앉지."

도무탄은 중년인이 인상만 저렇게 보일 뿐이지 매우 강직하고 타협을 모르는, 그리고 생각이 깊은 사람이라는 것을 경험을 통해서 한눈에 알아보았다.

　이런 사람에게는 빚 독촉을 하듯이 이것저것 막 물어보면 입을 다물어 버리는 경향이 있다.

　더구나 지금 그는 뭔가 갈등이나 후회 같은 것을 하고 있는 듯한 표정이라서 더욱 그렇다.

　"저기에서부터 북쪽으로 시체들이 드문드문 쓰러져 있네. 천상옥화가 죽인 것이지. 이 사람 저 사람 말을 취합해 보면 천상옥화가 대략 삼십여 명은 죽인 것 같네."

　"천상옥화가?"

　중년인이 자신이 걸어온 쪽을 가리키며 말하자 도무탄은 움찔 놀라 그쪽을 쳐다보았다.

　"나는 천상옥화하고 마주치더라도 그녀를 공격할 생각은 없었네. 내 목적은 권혼인데 천상옥화는 그것을 갖고 있지 않은 것 같네."

　중년인은 품속에서 작은 호리병을 꺼내 마개를 따더니 먼저 한 모금 마시고 나서 도무탄에게 내밀었다.

　"화주라서 추위에 도움이 된다네."

　도무탄은 받아서 별 의심 없이 마셨다. 이런 사람을 믿지 못한다면 지금껏 그가 쌓아온 경험은 죄다 보잘것없는 것이라는 뜻이다.

"나는 권혼을 갖고 있다는 무진장이라는 자가 천상옥화하고 같이 있지 않을까 기대했었는데 그녀를 직접 보니까 혼자였네. 그래서 미련 없이 발길을 돌렸네."

그는 더욱 쓸쓸한 표정을 지었다.

"천상옥화가 무진장하고 친분이 있다고 다짜고짜 그녀를 쫓다니 어리석은 짓이야. 무진장이라는 자는 산서성 최고부호인 해룡방주라서 수많은 사람하고 알고 지낼 텐데 그렇다면 그들을 다 추격해야 한다는 말인가?"

도무탄은 이 중년인이 평소에는 과묵한 성격일 것이라고 생각했다.

지금 그가 이렇게 말이 많은 것은 아마도 어떤 상실감이나 자괴감 같은 것 때문인 듯했다.

"천상옥화로서는 난감할 게야. 무림인들이 무턱대고 자길 추격하면서 무진장이나 권혼이 어디에 있느냐고 닦달을 하면서 몰아세우니까 말일세. 그러니까 궁지에 몰린 그녀가 살수를 쓸 수밖에… 그런 피치 못할 이유가 있는데도 소림사 승려들은… 쯧쯧……."

도무탄은 움찔했다.

"소림무승들이 그녀에게 무슨 짓이라도 했소?"

중년인은 쓸쓸한 표정을 지었다.

"십팔복호호법인가 하는 승려들이 천상옥화를 협공해서 부상을 입히고는 제압하여 소림사로 끌고 갔다네."

"뭐요?"

도무탄은 벌떡 일어났다.

"무림인들은 그걸 보고서도 가만히 있을 수밖에 없었지. 소림사를 상대로 싸울 수는 없는 노릇이니까."

도무탄은 머릿속이 하얗게 탈색되는 것 같은 기분으로 북쪽을 망연히 바라보았다.

중년인은 일어서 있는 도무탄의 손에서 술 호리병을 받아 한 모금 마시고 나서 호리병을 들고 있지 않은 손으로 동쪽을 가리키며 말을 이었다.

"권혼을 훔친 녹향의 딸 녹상이라는 여자는 저쪽 미령애(未零崖)에서 무림고수들의 공격을 받다가 하북팽가(河北彭家)의 형제들에게 중상을 입고 우타호하(右沱滈河)로 추락했다는군. 그래."

"녹상이?"

"녹상이 갖고 있던 권혼은 이미 무진장 손에 넘어갔다는데도 무림인들은 무차별 협공했다는 걸세. 그래서 끝내 그녀는 중상을 입고 벼랑 아래로 추락한 게지."

"우라질……"

도무탄은 와락 인상을 쓰면서 두 주먹을 움켜쥐었다.

중년인은 과격한 반응을 보이고 있는 그를 쳐다보았다.

"왜 그러는가?"

독고지연은 소림사에 끌려가고 녹상은 미령애에서 우타호하로 추락했다.

재앙에 재앙이 겹쳤다. 도무탄으로서는 상상해 본 적도 없는 최악의 상황이 현실로 나타난 것이다.

"날 누구라고 생각하는 것이오?"

큰 충격과 분노 때문에 얼음처럼 싸늘해진 표정으로 도무탄은 중년인을 쏘아보았다.

"설마……."

"그렇소. 내가 바로 무진장이오."

"아……."

중년인은 큰 충격을 받은 듯한 얼굴로 멀뚱히 도무탄을 바라보았다.

"자네 권혼을 갖고 있는가?"

그렇게 묻는 중년인의 눈에 한순간 곤혹한 빛이 흐릿하게 일렁였다.

"그렇소. 뿐만 아니라 이미 약간의 성취를 이루었으니 당신 정도는 간단하게 죽일 수 있소."

도무탄은 중년인이 자신에게 나쁘게 대하지 않았지만 분노 때문에 가슴속에서 살심이 꿈틀거려 조금이라도 거슬리면

중년인을 죽이고 싶었다.

"그렇군. 고맙네."

그런데 중년인은 도무탄에게서 시선을 거두며 알 수 없는 말을 중얼거렸다.

"자네가 내 갈등을 해결해 주었네."

슥—

중년인은 일어나며 도무탄을 바라보는데 조금 전까지와는 달리 표정이 매우 밝아 보였다.

"태원성에 권혼이 나타났다는 소문을 듣고 부랴부랴 천오백여 리 길을 왔었네."

그는 자신의 어깨에 메고 있는 도를 툭 쳐보였다.

"보다시피 나는 도법을 구사하는데도 권법인 권혼을 탐낸다는 것이 말이 되나? 그런데도 권혼이 탐났었네. 무림인이라면 다 탐내니까 말이야."

그는 빈 술 호리병을 품속에 갈무리했다.

"저쪽에 천상옥화가 나타났다느니 이쪽에 녹상이 있다느니 하는 소문들을 듣고 부지런히 동분서주하면서도 한사코 마음이 어수선했었네. 불을 보고 달려드는 불나방처럼 이래도 되는 것인지……."

그는 환한 표정으로 도무탄을 쳐다보았다.

"그런데 권혼을 이미 연마했다는 자네를 대하고 보니 마음이 쉽게 정리되었네."

척!

그는 포권을 해보였다.

"이참에 나는 고향으로 돌아갈 걸세. 고향집에는 아내와 두 딸이 살고 있다네."

저 멀리 남쪽 하늘을 바라보는 그의 눈가에 회한의 기색이 스쳤다.

"고향집을 떠난 지 어언 십오 년이나 흘렀네. 돌아가면⋯ 그래서 아내와 두 딸이 아직도 나를 기다리고 있다면 그녀들에게 평생 속죄하면서 열심히 살 생각일세."

그는 어깨에 메고 있던 도를 풀어 미련 없이 저 멀리 던져 버렸다.

휘익!

도는 긴 포물선을 그리며 날아갔다가 시야에서 사라졌다. 그 도에는 그가 지난 세월 무렵에서 겪었던 모든 질곡과 애환이, 그리고 부질없는 기대와 야망이 묻어 있었다. 그것을 다 함께 버렸다.

그리고는 중년인은 몸을 돌려 지금까지 도무탄이 왔던 방향으로 걸어가기 시작했다.

조금 전 도무탄이 봤었던 축 늘어진 모습이 아니라 발걸음도 가벼운 활기찬 모습이다.

"당신 이름이 무엇이오?"

그런 걸 물어보지 않아도 될 터인데 도무탄은 중년인의 이름만은 꼭 알고 싶었다.

"연운조(淵雲朝)일세."

중년인은 뒤도 돌아보지 않고 대답했다.

"십팔복호호법은 어디로 갔소?"

"내가 알기로는, 천상옥화를 데리고 소림사로 갔다네."

연운조는 점점 멀어지면서도 꼬박꼬박 대답해줬다.

"미령애는 어느 쪽이오?"

"동남쪽으로 십오 리쯤 가면 있을 걸세."

연운조는 한 번도 뒤돌아보지 않고 시야에서 사라졌다. 도무탄은 끝까지 그를 응시하면서 갈등했다.

연운조를 배웅하려는 것이 아니라 지금 이 상황에서 독고지연에게 갈 것인가, 아니면 녹상에게 가야 하는가를 결정하려는 것이다.

第三十四章

뜨거운 권혼의 기운

휘이잉―

삭막한 북풍이 휘몰아치고 있는 미령애에 도착한 도무탄은 착잡한 심정으로 주위를 천천히 둘러보았다.

미령애는 꽤 넓은 평지인데 여기저기에 시체 십여 구가 흩어져 있고 많은 사람이 날뛴 듯 눈에 찍힌 발자국과 핏자국들이 매우 어지러웠다.

도무탄은 가까이에 있는 두어 구의 시체를 살펴보았는데 그것들은 각기 목을 찔리고 왼쪽 가슴을 베었다.

목에 찔린 상처는 세 군데가 켜켜이 마치 비스듬한 층계 같은 모습이다.

맨 위의 상처가 제일 깊으며 그것으로 인해서 즉사한 것 같고, 두 번째 상처는 조금 얕으며 세 번째 것이 가장 얕은 상처였다.

비스듬히 흐르는 듯한 수법으로 목을 찌르고는 검이 뽑히면서 아래의 두 상처를 낸 것 같았다.

다른 시체의 왼쪽 가슴을 깊숙이 베인 상처는 수면에 물결이 일렁거리는 듯한 모습이었다.

'비류검이다.'

도무탄은 녹상의 비류검이 층계처럼 켜켜이 흐른다거나 물결처럼 일렁인다는 것을 잘 알고 있다.

경공술인 비류행이나 보법인 비류보 역시 물이 흐르는 것처럼 진행하는 움직임이다.

'이놈들은 전부 상아를 핍박하다가 죽음을 당했구나.'

그는 이미 죽은 시체들인데도 이들이 녹상을 핍박하여 벼랑 끝으로 몰고 끝내는 추락시켰을 것이라는 생각을 하자 화가 치밀었다.

휘이잉—

그는 차가운 바람이 휘몰아치는 벼랑 끝으로 묵묵히 걸어갔다. 벼랑 끝이 가까워질수록 발자국이 더욱 많아졌으며 또한 어지러웠다.

그리고는 벼랑 끝을 석 자쯤 남겨놓고는 질질 끌리는 듯한 하나의 발자국이 이어지다가 마지막 두어 뼘을 남겨두고 뚝 끊어졌다.

그것은 필경 녹상이 하북팽가의 형제들에게 부상을 입어 뒷걸음질을 치다가 벼랑 아래로 추락하는 과정에 생긴 흔적일 것이다.

녹상은 설잠운금의를 입고 있기 때문에 바위나 쇠를 자르는 신병이기(神兵利器)가 아니라면 그녀의 몸에 상처를 낼 수 없을 것이다.

그렇지만 그것은 도무탄이 직접 설잠운금의를 실험해 본 것이 아니라 설잠운금을 그에게 판 천산 소수부족의 족장이 해준 설명이었다.

척!

도무탄은 착잡한 표정을 지으며 벼랑 끝에 서서 아래를 내려다보았다.

휘이이—

벼랑 아래에서는 스산한 삭풍이 몰아치고 있으며 깊이가 백 장 이상 되는 저 아래에 급류가 거세게 굽이쳐 흐르는 광경이 까마득하게 보였다.

타호하는 중류에서 두 줄기로 갈라지는데 도무탄네 집이 있는 서쪽 운중산 방란촌 쪽의 것이 좌타호하(左沱滹河)이고,

이곳 북쪽 오대산에서 흘러내리는 것이 우타호하이다. 좌타호하가 맑고 유유히 흐르는 반면에 우타호하는 물이 탁하고 거센 급류라는 점이 다르다.

도무탄은 한동안 아래를 굽어보다가 녹상이 강물에 떨어졌으면 급류에 휩쓸려 흘러 내려갈 수밖에 없었을 것이라고 판단했다.

우타호하의 양쪽은 깎아지른 듯한 절벽인데다 강의 물살이 워낙 세차기 때문이다.

도무탄은 미령애로부터 우타호하를 따라서 십여 리나 하류로 달려왔는데도 절벽이 너무 험해서 도저히 강으로 내려갈 수가 없었다.

녹상이 우타호하에 추락한 것은 적어도 몇 시진 전일 테니까 지금쯤은 수십 리 밖을 떠내려갔을 것이다.

불행히도 그녀가 죽었다면 강물에 가라앉았거나 계속 떠내려갔을 테고, 살았다면 유속이 느려지거나 절벽이 끝나는 지점에서 강가로 헤엄쳐서 나왔을 것이다.

그래도 도무탄은 포기하지 않고 강을 따라서 쉬지 않고 줄기차게 달렸다.

달리면서도 강에서 시선을 떼지 않고 계속 녹상의 모습을 찾으려고 노력했다.

그렇게 해서 미령애로부터 삼십여 리쯤 달려 내려왔을 때 우타호하 강가의 첫 번째 마을인 작은 어촌에 당도했다.

우타호하는 그곳에 이르러 유속이 많이 느려져서 잔잔했으며 십여 명의 어촌 사람이 작은 배를 타고 강에서 고기잡이를 하고 있었다.

도무탄은 삼십여 호 남짓의 작은 어촌을 샅샅이 뒤지고 마주치는 사람마다 녹상의 용모를 손짓발짓을 섞어 설명해 주면서 물었다.

또한 강으로 나가서 물고기를 잡는 사람들에게도 일일이 물었으나 그런 사람은 본 적이 없다는 똑같은 대답만 돌아왔을 뿐이다.

도무탄은 잠시도 쉬지 않고 어촌을 출발하여 다시 우타호하를 따라 하류로 내달렸다.

미령애로부터 오십여 리 이상 우타호하 하류를 달리는 동안 사방이 캄캄해졌으나 그는 정신이 나간 사람처럼 달리는 것을 멈추지 않았다.

비록 그의 몸은 녹상을 찾아 헤매고 있으나 마음속으로는 녹상과 독고지연 둘 다 찾고 있었다.

아니, 몸으로는 녹상을 찾으면서 마음으로는 독고지연을 걱정하고 있는 것이다.

독고지연이 십팔복호호법에게 제압되어 소립사로 끌려갔

다면 당장 위험한 일은 당하지 않을 것이다.

그들은 그녀를 이용해서 도무탄을 찾아낸다거나 권혼을 되찾을 수 있는 방법을 강구하려는 것이지 불문곡직(不問曲直) 함부로 죽이지는 않을 것이다.

누가 뭐래도 지금 위험한 사람은 녹상이다. 그녀가 위험에 처해 있다면 당장 손을 써야만 하고 그게 아니면 어쩌면 그녀는 이미 죽었을지도 모른다.

'이런 밥통 같은 놈! 애당초부터 그녀들과 같이 행동하는 게 아니었다.'

별별 후회가 다 들었으나 이제 와서 아무리 발버둥을 쳐봐야 사후약방문(死後藥方文)일 뿐이다.

그러면서도 지금 자신이 할 수 있는 일이 아무것도 없다는 사실에 속이 뒤집힐 것만 같았고, 녹상이 어디 안전한 곳으로 몸을 피했기를 간절하게 빌었다.

어느덧 그는 좌, 우타호하가 만나서 하나의 큰 강을 이루어 동쪽으로 흐르는 곳까지 왔다.

어둠 속에서 저 멀리 거대한 성벽이 보였다. 만리장성(萬里長城)이며 그것을 넘으면 하북성이다.

그런데 그때 뜻하지 않은 일이 벌어졌다. 어둠 속에서 저 멀리 몇 개의 인영이 강둑을 따라서 이쪽으로 달려오고 있는 모습이 보였다.

도무탄이 마주 달려가면서 안력을 돋우어 자세히 살펴보니까 어깨에 검을 멘 경장인 열다섯 명이 놀라운 경공술을 전개하여 쏘아오고 있었다.

쏘아오고 있는 열다섯 명의 경공술만 보더라도 범상치 않은 인물들인 것 같았다.

하지만 무림에 대해서 경험이 전혀 없으며 현재 독고지연과 녹상의 일로 마음이 심란한 도무탄은 까짓것 저자들과 싸움이 벌어져도 좋다는 각오로 피하지 않고 정면으로 마주 달려갔다.

양측의 거리가 오 장여로 좁혀지자 상대방 열다섯 명이 일제히 신형을 멈추면서 마치 학이 양 날개를 펼치듯이 죽 늘어섰다.

그 광경은 언뜻 보면 그냥 아무렇게나 멈춘 것 같기도 하지만 실상 도무탄이 도망치거나 공격할 경우를 대비하여 포위망을 펼친 진세(陣勢)다.

그렇지만 도무탄은 개의치 않고 날개 안쪽으로 깊숙이 들어가 가운데에 서 있는 인물 다섯 걸음 앞에 멈추고 굳은 얼굴로 물었다.

"왜 길을 막는 것이오?"

정중앙에는 일남일녀가 우뚝 서 있으며 남자는 이십오륙 세 정도의 훤칠하고 늠름한 미남자이고, 여자는 십구 세나 이십 세 남짓의 늘씬하면서도 대단한 미녀였다.

"귀하는 누구요?"

서글서글한 눈매와 우뚝한 콧날의 남자가 도무탄을 똑바로 주시하며 물었다.

"그렇게 물으려 한다면 자신이 누군지 먼저 밝혀야 하는 것이 예의… 아!"

도무탄은 깐깐한 표정으로 되물으면서 남자 옆에 서 있는 여자를 무심히 쳐다보다가 깜짝 놀라서 자신도 모르게 낮은 탄성을 터뜨리며 말을 끝맺지 못했다.

남자는 도무탄이 여자를 보면서 놀라자 그녀를 한 번 보고 나서 도무탄에게 캐물었다.

"어째서 내 여동생을 보고 놀라는 것이오?"

도무탄은 저기에 서 있는 여자가 독고지연인 줄만 알았다. 그 정도로 그녀는 독고지연과 닮았다.

"당신은 독고지연과 무슨 관계요?"

그래서 대뜸 여자에게 그렇게 물었다. 독고지연과 저렇게 많이 닮았으면 그녀와 쌍둥이거나 자매일지도 모른다는 생각이 들었기 때문이다.

그의 말에 남자와 여자는 물론이고 거기에 있는 모든 사람이 움찔 놀랐다.

여자가 한 걸음 앞으로 나서서 도무탄을 차갑게 쏘아보면서 냉랭하게 말했다.

"나는 독고은한(獨孤殷翰). 독고지연의 언니예요. 당신은 이 근처에서 내 동생을 본 적이 있나요?"

여자, 즉 독고은한은 도무탄이 독고지연을 알고 있는 것에 대해서 별로 이상하게 생각하지 않았다.

천하이미 중에 한 명인 천상천화 독고지연은 워낙 유명하기 때문에 남녀노소를 막론하고 사람들이 그녀를 알고 있다는 것과 또 그녀의 얼굴을 봤다는 사실은 조금도 이상하게 생각할 일이 아니다.

"언니라고?"

과연 도무탄의 짐작이 정확했다. 독고은한은 독고지연의 언니였다. 그 사실만으로도 그는 반가움이 확 밀려들었다.

그렇다면 이들 열다섯 명은 무영검가 사람이며, 어떻게 알게 됐는지 모르지만 독고지연이 위험에 처한 것을 알고 그녀를 도우러 달려오는 길인 것 같았다.

도무탄은 이들 열다섯 명이 어깨에 메고 있는 검의 검파에 한 뼘 길이의 푸른 수실이 매달려 있는 것을 발견했다. 독고지연의 검에도 똑같은 모양의 수실이 묶여 있었다. 즉, 그것은 무영검가의 표식이었다.

"당신들은 무영검가 사람들이오?"

그의 물음에 이번에는 독고은한 옆의 청년이 당당하면서

도 경계하듯 대답했다.

"그렇소. 이제 귀하가 누군지 말해보시오."

도무탄은 독고지연을 자신의 여자, 즉 아내라고 생각한다. 그러므로 앞에 있는 독고은한은 그에게 처형이고 무영검가 사람들은 처가 식구다. 그래서 그는 정중하면서도 당당하게 포권을 했다.

"나는 도무탄이라고 하오."

그러자 청년과 독고은한을 비롯한 무영검가의 모든 사람이 움찔 놀라며 술렁거렸다.

청년이 빠르게 세 걸음 다가와 도무탄 바로 앞에 멈추고 놀라면서도 도전적인 표정을 지었다.

"귀하가 태원성의 해룡방주인 무진장 도무탄이라는 말이오?"

"그렇소."

도무탄은 이들이 어떻게 도무탄이라는 이름만 듣고서 자신에 대해서 잘 알고 있는 것인지 궁금했다.

청년이 마치 도무탄의 멱살이라도 잡고 흔들 것 같은 기세로 다그쳤다.

"우린 연아가 오대산 근처에서 권혼을 노리는 무림고수들에게 쫓기고 있다는 소문을 듣고 그 아이를 구하려고 달려오는 길이오."

청년은 눈에서 불을 뿜을 듯이 도무탄을 쏘아보았다. 왜 너 같은 놈이 독고지연하고 엮이게 됐느냐고 꾸짖는 듯한 눈빛이다.

"소문에는 귀하가 권혼을 얻었다고 하는데, 대체 귀하와 연아가 무슨 관계가 있기에 권혼을 얻으려는 무림고수들이 연아를 추격한다는 말이오?"

이들이 들은 소문은 대체적으로 정확한 것 같았다.

"당신은 누구요?"

도무탄은 독고지연을 아랫사람처럼 '연아'라고 부르는 청년이 누군지 궁금했다.

"나는 독고지연의 둘째 오라비인 독고기상(獨孤紀尙)이오."

도무탄은 방란촌에서 머물 때 독고지연에게 가족에 대해서 간단하게 들은 적이 있었다.

그녀는 오 남매의 막내이며 위로는 오빠가 두 명, 언니가 두 명 있다고 했다.

사백여 리 떨어진 북경성에서 오대산까지 막내를 구하러 온 두 명은 그녀의 둘째 오빠 독고기상과 둘째 언니 독고은한이었다.

"불초는……."

도무탄은 자세를 바로하고 새삼스럽게 포권을 하면서 정

중히 허리를 굽혔다.

상대는 사랑하는 여자의 오빠이고 언니이니까 결례를 해서는 안 된다.

"독고지연의 남편입니다."

"뭐어?"

"아……."

터럭만큼도 예상한 적이 없었던 대답을 듣게 된 독고기상과 독고은한의 안색이 확 변했다.

그리고 무영검가의 검수(劍手)들은 제각각 묘한 표정을 지었다. 그중에서도 가장 공통적인 표정은 불신(不信)과 불쾌감이었다.

도무탄은 구구하게 설명을 늘어놓을 기분이 아니기에 최대한 짤막하게 설명했다.

"불초와 독고지연은 부부지연을 맺었습니다. 그래서 우리는 함께 무영검가로 인사를 드리러 가는 길이었는데 권혼을 노리는 무림고수들의 추격을 받게 되었습니다."

독고기상과 독고은한 등은 갑자기 불쑥 등장한 청년의 말이 앞뒤가 맞고 꽤나 설득력이 있으며, 그가 일부러 거짓말을 늘어놓을 이유가 없다는 생각에 무조건 불신할 수만은 없게 되었다.

"귀하가 연아와… 뭐… 부부지연을 맺었다고?"

그러나 독고기상은 어이없다는 표정을 지으며 좀체 믿으려고 들지 않았다.

보통 형제들은, 그중에서도 오빠들은 여동생의 연인을 지나칠 정도로 좋지 않게 생각하는 경향이 있으며, 여동생이 외간남자와 정사를 했다는 사실에 대해서는 매우 부정적인 견해를 갖고 있는 편이다.

독고기상도 그런 보편적인 성향에서는 별반 다르지 않았다. 그는 발끈하여 당장에라도 출수할 듯한 기세로 도무탄을 거세게 몰아붙였다.

"귀하! 그게 가당키나 한 말이라고 생각하오? 내 여동생은 천하이미의 천상천화라는 말이오. 그런데 귀하 같은 자가 어찌 감히……."

여기에 있는 열다섯 명 중에서 여자는 독고은한 한 명뿐이고 다들 남자인데 그들의 표정으로 미루어 독고기상하고 비슷한 감정인 것 같았다.

독고기상으로서는 독고지연이 그야말로 쥐면 꺼질세라 불면 날아갈세라 눈에 넣어도 아프지 않은 천만금 같은 막내 누이동생이다.

더구나 그녀는 온 천하가 천하이미로 떠받들고 칭송하는 절세미녀이거늘, 이름도 들어본 적이 없는 도무탄이라는 자가 어디에서 톡 튀어나와 자기가 독고지연하고 부부지연을 맺었네 하면서 남편 행세를 하려 드니까 눈이 뒤집히는 것은 당연하다.

무영검가의 검수들이라고 다를 바가 없다. 천상옥화 독고 지연은 온 천하 남자들의 우상(偶像)이기도 하지만 무영검가 에서는 소가주의 신분이기 때문에 수백 명 무영검가 사람에 게는 실로 여신 같은 존재이기도 했었다.

독고기상의 엄한 꾸짖음에 도무탄은 마음이 개운치 않았 으나 기분 나쁘지는 않았다.

그 자신이 독고지연의 오빠라고 해도 이런 반응을 보였을 것이기 때문이다.

"형님, 소제의 말은 한마디도 거짓이 없습니다. 그리고 지 금은 그게 급한 게 아니니……."

콱!

"이자가 아직도 정신을 차리지 못하고 계속……."

"둘째 오라버니, 그만하세요."

결국 독고기상이 참지 못하고 불같이 화를 내며 도무탄의 멱살을 와락 움켜잡자 깜짝 놀란 독고은한이 급히 나서 두 사 람 사이로 파고들며 그를 말렸다.

그 바람에 도무탄은 균형을 잃고 휘청거리면서 뒤로 쓰러 질 뻔했는데 독고은한이 손을 뻗어 그를 재빨리 붙잡아 일으 켰다.

그런데 급히 붙잡는다는 것이 방금 독고기상이 잡았던 멱살을 그녀가 대신 잡아당기는 상황이 되고 말았다.

그뿐만이 아니라 그녀가 너무 힘줘서 멱살을 잡아당기다 보니까 도무탄의 몸이 벌떡 일으켜졌다가 반대 방향으로 쓰러지면서 그녀를 덮치고 있었다.

"아……."

깜짝 놀라서 눈을 동그랗게 뜨는 독고은한은 영락없이 독고지연의 모습이다.

도무탄은 재빨리 팔로 그녀의 허리를 감고 몸을 지탱하면서 그녀를 일으켰다.

독고은한은 얼굴만 독고지연하고 조금 다를 뿐이지 키나 체구 몸매가 거의 똑같아서 도무탄은 순간적으로 독고지연을 안은 것으로 착각이 들었다.

"괜찮습니까?"

도무탄은 몸을 일으키면서 오른팔로 안은 독고은한의 나긋나긋한 허리를 앞으로 끌어당겼다. 그녀를 일으켜 주려는 의도인데 그녀의 몸이 일으켜지면서 본의 아니게 두 사람의 하체가 맞닿아 버리고 말았다.

"아……."

묵직한 것이 자신의 하체 은밀한 곳을 지그시 누르자 독고은한은 깜짝 놀랐다.

그 광경을 보고 독고기상은 발끈하여 두 걸음 거리에 있는 도무탄의 얼굴을 향해 무지막지하게 주먹을 날렸다.

"이놈!"

위잉!

무영검가의 성명무공은 검술이지만 그렇다고 권법을 도외시하는 것은 아니다.

더구나 독고기상 정도의 일류고수 상급, 즉 일상급 고수의 권법은 권법을 주된 무공으로 삼는 웬만한 권법가(拳法家)보다 고강하다.

독고기상의 주먹은 매우 빠르면서도 수천 근의 굉장한 위력이 실린 채 도무탄의 왼쪽 관자놀이를 향해 날아들었다.

"안 돼요!"

독고은한은 날카롭게 외치면서 재빨리 두 팔로 도무탄의 허리를 안고 그를 옆으로 밀어냈다.

임기응변으로 그렇게 하기는 했으나 그 대신 그녀의 뒤통수를 향해서 주먹이 날아드는 상황이 돼버렸다.

그렇지만 여전히 한 팔로 그녀의 허리를 안고 있는 도무탄은 그녀가 자신을 밀어낸 여력에 힘을 보태서 다시 빙글 그녀를 옆으로 밀어냈다.

두 사람이 마주 보면서 팔로 서로의 허리를 안고 있는 자세라서 제자리에서 빙글빙글 맴돌기 때문에, 한 사람이 주먹의 사정권에서 벗어나게 되면 다른 사람은 반드시 사정권에 들어가게 되어 있다.

딱!

"윽!"

독고기상의 주먹이 정통으로 도무탄의 뒤통수에 호되게 적중되었다.

그런데 어이없게도 신음을 터뜨린 사람은 맞은 도무탄이 아니라 때린 독고기상이다.

주먹이 뒤통수에 적중되는 순간 권혼력이 뒤통수로 집중되어 보호했기 때문이다.

그 덕분에 그의 뒤통수는 수수깡으로 툭 건드린 것처럼 아무렇지도 않았지만 독고기상의 주먹은, 아니, 손 전체가 아예 박살 나버렸다.

그렇지만 도무탄은 뒤통수를 얻어맞은 충격에 땅으로 엎어지게 되었다.

그 짧은 순간에도 마주 안고 있는 독고은한이 땅에 쓰러지고 자신이 위에서 그녀를 짓누르게 될 것을 염려하여 다급히 그녀의 몸을 돌려 서로 위치를 바꾸었다.

쿵!

덕분에 그의 등이 땅에 둔탁하게 부딪쳤으며 마주 보고 있던 독고은한이 그의 몸 위에 엎드린 자세로 고스란히 안기는 모양새가 되고 말았다.

"이봐요!"

독고은한은 도무탄의 몸에 엎드려서 서로의 몸 앞면이 밀착되었으나 그런 것을 따질 겨를이 없어서 다급한 표정으로 그를 불렀다.

둘째 오빠 독고기상의 주먹에 뒤통수를 호되게 맞았으니 즉사한다고 해도 이상한 일이 아니기 때문이다.

그녀는 막무가내로 부정하는 독고기상하고는 달리 도무탄의 말을 어느 정도는 믿었다.

우선 권혼은 무진장이란 사람이 갖고 있는데, 권혼을 노리는 무림고수들이 독고지연을 쫓고 있다는 사실에 대해서 독고은한은 뭔가 이상하다고 생각했었다.

그런데 그 소문의 무진장이 직접 나타나서 자신과 독고지연이 부부지연을 맺었다고 밝혔다.

그게 정말이라면 독고지연이 무림고수들에게 쫓기고 있는 이유가 설명된다.

독고지연이 정말로 도무탄의 부인이기 때문이든가 그게 아니면 그녀와 도무탄이 어떤 식으로든 연관이 있기 때문일 것이다.

그런데 성질 급한 독고기상이 난폭하게 도무탄의 뒤통수를 주먹으로 때렸으니 만약 이대로 그가 죽는다면 독고지연

은 청상과부가 될 것이고 대체 무슨 얼굴로 그녀의 얼굴을 볼
수 있다는 말인가.

"이봐요, 정신 차려요."

독고은한은 눈을 감고 있는 도무탄의 얼굴을 두 손으로 감
싸고 이리저리 흔들었다.

도무탄은 땅에 쓰러질 때 무의식중에 감았던 눈을 천천히
뜨며 그녀에게 전음을 보냈다.

[처형은 얼굴만이 아니라 몸매와 안고 있는 감촉까지도 연
아하고 똑같군요.]

"……."

독고은한은 깜짝 놀라서 눈을 동그랗게 떴다.

[게다가 이렇게 안고 있으니 마치 연아를 안고 있는 것 같
은 착각마저 듭니다.]

도무탄이 독고지연을 그리워하는 듯한 표정으로 말하자
독고은한의 얼굴이 노을처럼 붉어졌다.

그녀는 그제야 자신이 그의 몸에 엎드려 있다는 현실을 깨
달았다.

그렇지만 도무탄의 안위가 염려되어 그를 말끄러미 바라
보며 물었다.

[괜찮아요?]

그녀는 왜 자기까지도 전음으로 말하는 것인지 이유를 알

지 못했다.

[그런 것 같습니다.]

[대체 어떻게…….]

그녀는 독고기상이 마음먹고 휘두른 주먹에 도무탄이 정통으로 그것도 신체 중에서 가장 취약한 뒤통수를 맞고서도 아무렇지도 않다는 사실을 쉽게 믿지 못했다.

[그만 일어나야 할 것 같습니다.]

그가 약간 미간을 찌푸리며 말하자 그녀는 염려스러운 표정을 지었다.

[괜찮겠어요?]

도무탄은 난감한 표정으로 쩔쩔맸다.

[이대로 있다가는 처형께 실례를 범할 것 같습니다. 그러니 어서…….]

그제야 독고은한은 무언가 단단한 것이 자신의 하체 은밀한 부위를 지그시 찌르고 있는 것을 느끼고 깜짝 놀라는 표정을 지었다.

슥—

도무탄은 그녀가 몸을 일으키는 것을 기다리지 못하고 그녀를 안은 채 벌떡 일어났다.

"아……."

그는 그녀의 허리에 감았던 팔을 풀면서 겸연쩍은 표정을 지었다.

[처형, 지금 내 아랫도리가 꼴사나운 몰골이니까 좀 가려주십시오.]

원래 보통 사내들보다 두 배 이상 큰 그의 음경인데 지금 그게 크게 발기하여 바지를 뚫을 지경이라서 만약 독고은한이 비켜 버린다면 모두들 그것을 보게 될 터이다.

독고지연이 소림사에 끌려가고 녹상의 생사가 불투명한 이런 상황에, 더구나 독고지연의 오빠와 언니, 무영검가의 검수들까지 만난 자리에서 음경이 발기했다고 음탕하다는 말을 들으면 할 말이 없다.

하지만 이십 세 혈기왕성한 젊은이라서 거기에 뭐가 슬쩍 닿기만 해도 벌떡 서는 판국에, 독고은한의 은밀한 부위를 비롯한 몸의 앞면이 한동안 온통 문질러 댔으니 서지 않는다면 그 또한 고자가 아니겠는가.

독고은한은 남자 경험이 전혀 없는 순결한 여자이지만 도무탄의 말을 못 알아들을 만큼 아둔패기가 아니다.

그녀는 얼굴이 홍당무처럼 빨개져서 눈으로 곱게 그를 흘기고 나서 반사적으로 아래를 쳐다보다가 깜짝 놀라 눈을 커다랗게 떴다.

아닌 게 아니라 그는 바지에 큼직한 막대기 하나를 집어넣은 것 같아서 만약 그 모습을 독고기상이나 무영검가 검수들이 봤다가는 도무탄을 좋지 않게 볼 것이 분명했다.

독고은한은 그의 음경이 자신 때문에 저렇게 성이 났다는 사실을 상기하자 얼굴이 확 달아오를 정도로 부끄러우면서도 마음이 묘하게 싱숭생숭했다.

그녀는 얼른 몸을 돌려 등진 자세에서 도무탄을 가리면서 독고기상을 꾸짖었다.

"둘째 오라버니, 대체 어쩌자고……."

그러나 그녀는 독고기상이 왼손으로 오른 주먹을 움켜잡고 끙끙거리면서 오만상을 쓰고 있는 것을 발견하고는 말을 흐렸다.

"둘째 오라버니, 왜 그러세요?"

그녀는 독고기상에게 다가가면서 걱정스럽게 물었다. 하지만 그때까지도 그녀는 때린 그의 주먹이 박살 났을 것이라고는 짐작조차도 하지 못했다.

도무탄은 급히 독고은한의 뒤를 쫓아가서 그녀 뒤에 우두커니 섰다.

"으으… 주먹이 으스러졌나 보다……."

독고기상은 눈물이라도 흘릴 듯한 얼굴로 신음을 흘렸다.

"무슨 소리예요? 때린 사람은 둘째 오라버니잖아요?"

독고은한은 멀쩡하게 서 있는 도무탄과 오만상을 쓰고 있는 독고기상을 번갈아 쳐다보면서 이해할 수 없다는 표정을 지었다.

독고기상은 독고은한 뒤에 우두커니 서 있는 도무탄을 일그러진 얼굴로 쏘아보았다.

"아무래도 저자의 머리가 무쇠로 만들어졌나 보다. 그렇지 않고서야……."

"어디 봐요."

"음……."

독고은한이 조심스럽게 만지는데도 독고기상은 비지땀을 흘리며 신음 소리를 내지 않으려고 기를 썼다.

"어머, 뼈가 모조리 박살 났어요. 어떻게 이럴 수가……."

독고은한은 독고기상의 손가락과 손등이 모조리 으스러진 것을 확인하고 크게 놀랐다.

독고은한은 자신의 뒤에 서 있는 도무탄을 돌아보았다.

"대체 둘째 오라버니 손을 어떻게 한 거예요?"

"불초는 맞은 죄밖에 없습니다."

"하긴 그렇군요."

도무탄은 독고기상의 주먹이 자신의 뒤통수에 닿는 순간 아마도 권혼력이 그곳에 집중되어 주먹을 박살 냈을 것이라고 짐작하지만, 그 사실을 설명하자면 길어질 뿐만 아니라 구태여 그럴 필요가 없다고 판단했다.

"이걸 어쩌면 좋아?"

독고은한은 벌겋게 퉁퉁 부은 독고기상의 손을 보면서 안타까운 표정으로 어쩔 줄 몰랐다.

오른손이 으스러진 당사자 독고기상은 지금 상황에서는 자신이 이 무리의 짐이 되지 않으려면 혼자서 북경성으로 되돌아갈 수밖에 없다고 생각했다.

도무탄은 이대로 보고만 있을 수가 없어서 독고기상의 으스러진 손을 고쳐줘야겠다고 생각했다.

[내가 그의 손을 고칠 수 있습니다. 처형이 그의 손을 부드럽게 어루만져 주십시오.]

도무탄은 독고은한에게 전음을 보냈다. 그가 직접 독고기상의 으스러진 손을 만지면서 권혼력을 주입하여 치료할 수도 있지만 그러면 상황이 이상하게 될 것 같았다. 그래서 그녀의 손을 빌리려는 것이다.

독고은한이 그를 힐끗 돌아보았다.

[그게 무슨 말이죠?]

[내가 처형에게 특수한 기운을 주입할 테니까 처형이 그 기운을 두 손에 모아 처남의 손을 어루만지십시오. 그렇게 하면 즉시 나을 것입니다.]

독고은한은 그가 무슨 말을 하는지는 알겠는데 정말 그런 일이 벌어진다는 것을 믿을 수가 없었다.

[내가 처형에게 주입하려는 것은 권혼의 기운입니다. 처남

은 권혼을 건드렸기 때문에 손이 으스러진 것이고 그것을 낫게 해주는 것도 권혼의 기운이면 가능합니다.]

[아… 그렇군요.]

도무탄이 다시 전음으로 설명을 하니까 그제야 독고은한은 확연하게 이해를 했다.

그녀는 조그맣고 흰 두 손으로 독고기상의 커다란 손을 부드럽게 감싸고 도무탄이 권혼의 기운이라는 것을 주입해 주기를 기다렸다.

도무탄은 주위를 슬쩍 돌아보았다. 열세 명의 무영검가 검수, 일명 무영검수가 독고기상 좌우에 모여들어 굳은 표정으로 주시하고 있었다.

그런 상황에서는 권혼을 주입한답시고 손을 뻗어 독고은한의 몸을 만지는 것이 매우 좋지 않을 것 같았다.

그렇지만 지금은 어떻게든 손을 써야만 한다. 독고기상의 으스러진 손을 치료하는 것이 무엇보다 중요하지만, 까딱하면 이미 큰소리를 쳐놨는데 처형에게 실없는 인간이 돼버릴 수도 있다.

권혼의 기운이 주입되기만을 기다리고 있던 독고은한은 잠시 동안 기다려도 아무런 변화가 없어서 의이한 얼굴로 도무탄을 돌아보았다.

아니, 돌아보려고 하는데 그녀의 둔부에 뭔가 단단한 것이

슬쩍 닿았다.

"……!"

그녀는 그것이 도무탄의 발기한 음경이라는 것을 즉시 알아차렸다.

'이 사람이 또……'

츠으읏―

'하악!'

그 순간 그녀는 둔부를 뚫고 뭔가 어마어마한 기운이 쏟아져 들어오는 것을 느끼고 두 눈을 커다랗게 부릅뜨고 입을 한껏 크게 벌렸다.

너무도 엄청난 충격이라서 그게 어떤 느낌인지도 알 수가 없었다.

단지 둔부에 커다란 구멍이 뚫리면서 시뻘겋게 불에 달군 인두가 쑥 밀고 들어온 것 같은 극렬한 뜨거움이 아련하게 느껴졌다.

잠시 지난 후에 그녀는 땅을 딛고 선 두 다리를 바르르 가늘게 떨었다.

방금 전의 엄청난 충격이 약간의 시간이 지나자 좀 더 구체적이고 세밀화되어 느껴졌다.

이런 기분과 느낌은 난생처음이다. 아래쪽 계곡 깊숙한 부위에 엄청나게 크고 굵은 뜨거운 인두가 꽂혀 있는 것 같은 느낌이다.

'이… 이게 권혼의 기운……'

[어서 권혼의 기운을 두 손으로 보내서 처남의 손을 치료하시오.]

그녀가 몽롱한 기분에 정신과 몸을 내맡기고 있을 때 그녀가 받은 엄청난 느낌 따위는 알 리가 없는 도무탄의 전음이 들려와서 그녀는 정신을 번쩍 차렸다.

그녀는 즉시 권혼의 기운이라는 것을 두 손으로 이끌었다. 둔부 안쪽에 깊숙이 꽂혀 있는 것 같았던 뜨거운 기운이 자궁과 내장을 통해서 그녀의 두 손으로 주입될 때에는 뜨거웠던 기운이 부드럽게 변해 있었다.

'하아……'

그 과정이 마치 행복한 꿈을 꾸는 것처럼 몽롱했다. 이렇게 황홀한 느낌은 난생처음이다.

그녀가 두 손으로 권혼의 기운, 즉 권혼력을 뿜어내면서 독고기상의 손을 살살 주무르기 시작하자 그는 움찔했다.

"이… 게 뭐냐?"

독고기상은 으스러져서 고통이 극심했던 손이 한순간 시원해지는 것을 느끼고 깜짝 놀랐다.

[이제 됐을 것이오.]

도무탄은 전음을 보내고는 이마의 땀을 닦았다. 하지만 하체는 여전히 독고은한의 둔부에 붙인 상태다.

독고은한은 초조한 표정으로 독고기상의 오른손을 잡은
채 그의 얼굴을 바라보았다.

"어때요?"

독고기상은 놀라우면서도 아주 편안한 표정을 지었다.

"아아… 전혀 아프지 않다."

그는 자신의 손을 만져보기도 하고 손목을 돌리거나 이리
저리 움직여 보고는 눈을 휘둥그렇게 뜨고 믿을 수 없다는 표
정을 지었다.

"다 나았구나. 한아, 대관절 어떻게 한 것이냐?"

"사실은……."

독고은한은 도무탄을 살짝 돌아보고 나서 설명했다.

"이 사람에게 있는 권혼의 기운으로 둘째 오라버니의 손을
치료했어요."

"권혼이라고?"

권혼이라는 말에 독고기상만이 아니라 무영검수들 모두
크게 놀라며 도무탄을 쳐다보았다.

도무탄이 독고은한 뒤에 서서 부연설명을 했다.

"조금 전에 처남이 나를 때릴 때 내 체내에 있는 권혼이 찰
나지간에 뒤통수를 방어한 것 같습니다. 그래서 처남의 주먹
이 그 지경이……."

"그랬었군."

독고기상은 이해할 수 있다는 듯 고개를 끄떡였다. 손이 으스러졌다가 치료된 상황에 이르자 그는 도무탄의 말을 어느 정도 믿기 시작했다.

"그런데 치료는 내 여동생이 했는데……."

독고기상이 의아한 얼굴로 중얼거렸다. 권혼은 도무탄에게 있으며 정작 치료를 한 사람은 독고은한이었는데 어떻게 그럴 수 있느냐는 의문이다.

순간 독고은한은 도무탄이 자신의 몸에 어떤 식으로 권혼을 주입했었는지가 생각이 났으며, 더구나 아직도 여전히 그의 단단한 음경이 둔부 사이의 계곡을 찌르고 있는 것을 느끼고 얼굴이 새빨갛게 달아올랐다.

"한아, 설마 너에게 권혼이 있는 것이냐?"

"아니에요, 둘째 오라버니. 이 사람이 저에게 권혼의 기운을 주입했어요……."

"주입하다니? 어떻게 말이냐?"

독고기상과 무영검수들은 그녀 뒤에서 뒷짐을 지은 채 자기는 아무것도 모른다는 듯 우두커니 서 있는 도무탄을 보면서 이해할 수 없다는 표정을 지었다.

"그렇다면 그가 설마 허공을 격하여 너에게 권혼의 기운이라는 것을 주입했다는 말이냐?"

"그… 건 잘 모르겠는데 아무튼 권혼의 기운이 저에게 주입되었어요."

독고은한은 사실 대로 말하거나 옆으로 비켜서 도무탄의 실체를 적나라하게 모두에게 보이지 않았다.

만약 그렇게 한다면 독고기상과 무영검수들은 도무탄을 좋지 않게 생각할 것이 분명하기 때문이다.

그렇지만 언제까지 이런 식으로 그의 앞에 서 있을 수만은 없어서 전음을 보냈다.

[어떻게 좀 해보세요.]

[뭘 말입니까?]

[그거…….]

[그게 뭡니까?]

뭐라고 설명을 하기가 난감해진 독고은한은 둔부를 슬쩍 좌우로 살랑살랑 움직여 보였다.

[이거 말이에요.]

[처… 처형! 그렇게 하지 마십시오……!]

도무탄은 비명을 질렀다.

第三十五章

처형

등롱기

독고은한의 강력한 주장으로 독고기상과 무영검수들은 도무탄이 독고지연의 남편이라는 사실을 절반쯤은 인정하게 되었다.

나머지 절반은 나중에 독고지연이 직접 자신의 입으로 도무탄이 남편이라고 말을 해야만 믿을 수 있을 것이다.

그렇지만 독고은한은 도무탄이 동생의 남편이라는 사실을 이미 굳게 믿었다. 그가 하는 말이나 행동을 보면 동생의 남편이 분명했다.

또한 독고지연과 가장 가까운 사이인 자매로서 말로는 설명하기 어려운 본능적인 느낌 같은 것이 있었다.

　모두들 강둑에 둘러앉아 휴식을 취하면서 도무탄의 설명을 듣고 있었다.

　그러다가 설명의 말미에 독고지연이 십팔복호호법에게 제압되어 소림사로 끌려갔다는 말을 도무탄에게 듣고 모두들 크게 놀랐다.

　도무탄 맞은편에 앉아 있던 독고기상은 벌떡 일어서며 쩌렁하게 소리쳤다.

　"그게 정말이오?"

　"나도 들은 얘기지만 틀리지 않을 겁니다."

　"그 말을 누구에게 들었소?"

　"연운조라는 남자였습니다."

　독고기상과 옆에 있던 또 한 명의 남자가 동시에 짧게 외치듯 말했다.

　"잔혈도(殘血刀)!"

　도무탄은 연운조가 떠나기 전에 도를 멀리 던져 버렸던 것을 기억하고 있다.

　"그가 도를 사용하는 것과 연운조인 것은 맞지만 잔혈도라는 사람인지는 모르겠습니다."

　독고기상이 도무탄에게 물었다.

"그는 어떻게 생겼소?"

도무탄이 연운조의 외모에 대해서 자세히 설명하자 독고
기상은 크게 고개를 끄떡였다.

"그렇다면 잔혈도가 틀림없소."

독고기상이 이름만 듣고서도 잔혈도라고 단번에 떠올릴
정도면 연운조는 무림에서 꽤나 명성을 날리고 있는 것이 분
명했다.

"이 공자, 잔혈도의 말이라면 사실일 것이오."

조금 전에 독고기상과 함께 외쳤던 남자, 즉 무영이대주(無
影二隊主)가 말했다.

"그게 언제였소? 그러니까 연아가 소림무승들에게 제압된
것이 말이오."

독고기상은 약간 허둥거리면서 물었다. 여동생이 제압되
어 끌려갔다는 말에 큰 충격을 받은 것 같았다.

도무탄은 연운조에게서 그 말을 들었던 때부터 시간을 계
산해 보았다.

연운조는 독고지연이 십팔복호호법에게 제압되어 끌려가
는 광경을 넉넉잡아서 도무탄을 만나기 한 시진 전쯤에 목격
했을 것이다.

"미시(未時:오후 2시경)쯤이었을 겁니다."

"미시……."

지금은 해시(亥時:밤 10시경)쯤 되었으니 미시라면 네 시진 전이다.

독고기상과 무영검수들이 지금부터 제아무리 빨리 추격한다고 해도 시간적으로나 거리상으로나 소림무승들을 따라잡을 수는 없다.

"음! 아무리 소림사라지만 이건 너무하는군! 그들은 무영검가가 안중에도 없다는 것인가?"

독고기상은 기가 막히고 분노하여 주먹을 휘두르면서 소리를 질렀다.

다들 앉아 있는데 그 혼자만 서서 오락가락하며 분노를 참지 못했다.

"감히 무영검가의 여식을 제압해서 납치하다니… 이건 우릴 하찮게 여긴다는 뜻이다."

분노하는 사람은 독고기상만이 아니다. 다들 얼굴이 붉으락푸르락하면서 씨근거리고 있다.

독고기상은 오락가락하던 걸음을 뚝 멈추고 심각한 표정으로 앉아 있는 무영이대주를 굽어보았다.

"이 대주, 어떻게 하면 좋겠습니까?"

무영검가에는 총 다섯 개의 대(隊)가 있으며 가주 직속의 무영특검대(無影特劍隊)를 비롯하여 무영일검대부터 사검대까지 있고 일 개 대는 백 명씩으로 구성되었다.

총 오백오십여 명인 무영검가에서 무영이대주는 서열 십이 위의 핵심적인 인물이다.

독고기상이 비록 가주의 아들이며 소가주 중에 한 명이지만 무림의 경험이나 무영검가 내에서의 지위 등으로 볼 때 무영이대주를 존중하는 것은 당연하다.

"속하의 소견으로는 십팔복호호법은 삼 소저를 소림사로 데려가지 않았을 것이오."

무영이대주의 말은 모두의 예상을 깨는 것이다.

"어째서 그렇게 생각하는 것입니까?"

독고기상의 물음에 무영이대주는 진지하게 대답했다.

"십팔복호호법의 임무는 권혼을 회수하는 것이오. 만약 이 공자가 십팔복호호법의 수석승이라면 임무를 완수하지 못했는데 소림사로 복귀하겠소? 그것도 무림 명문가의 여식을 데리고 말이오."

"그렇군요. 나라면 임무를 완수하지 못했으니 절대로 복귀하지 않을 것입니다."

"그렇소. 그들은 아마도 삼 소저를 은밀한 곳으로 데리고 가서 해룡방주 무진장에 대해서 캐물을 것이오. 소림사로 가는 것은 어불성설 말이 되지 않소."

무영이대주는 딱 잘라서 말했다.

도무탄은 묵묵히 듣고 있지만 이 대주의 말이 일리가 있는 것 같았다.

"은밀한 곳이라⋯⋯."

독고기상은 미간을 잔뜩 좁히고 중얼거렸다.

십팔복호호법이 독고지연을 데리고 소림사로 가지 않을 것이라는 추측까지는 좋았다.

그런데 그들이 그녀를 어디로 데려갔을지 짐작조차도 할 수 없으니 막막하기 짝이 없다.

그렇지만 도무탄은 짚이는 구석이 있다. 십팔복호호법이 은밀한 곳을 찾는다면 태원성에서 개방의 도움을 받을 것이 분명하다.

하지만 도무탄은 무영검가의 일에 자신이 나서서 미주알 고주알하는 게 실례인 것 같아서 옆에 앉은 독고은한에게 전음으로 물었다.

[처형, 내가 한마디 해도 되겠습니까?]

독고은한이 도무탄 옆에 앉은 이유는 그가 낯선 사람들 속에서 행여 소외감이라도 느낄까 봐 챙겨주려는 의도다.

독고지연이 오만하고 차가운 성격이라면 독고은한은 한없이 자상하고 배려심이 깊은 성품의 소유자다.

더구나 그녀는 도무탄과의 첫 만남이 죽을 때까지 잊을 수 없을 만큼 특별했었다.

두 사람의 본심은 아니었으나 만나자마자 포옹을 했으며,

그렇게 부둥켜안은 채 땅에 쓰러졌고, 그 바람에 발기한 음경이 그녀를 찔렀는가 하면, 권혼의 기운을 주입하느라 둔부와 은밀한 부위를 온통 이상하게 만들기도 했었다. 그렇게 요란한 첫 만남의 남녀가 세상천지 어디에 또 있겠는가.

하지만 그런 여러 사건을 독고은한은 나쁜 뜻으로 받아들이지 않았다.

천성적으로 착하고 배려심 깊은 그녀는 동생의 남편, 즉 제부를 진심으로 받아들였다.

[괜찮아요. 해보세요.]

독고은한이 대답하자마자 도무탄은 독고기상을 보면서 한쪽 팔을 번쩍 들고 말했다.

"형님, 십팔복호호법이 연아를 데리고 어디로 갔을지 소제가 알 것 같습니다."

자정이 훨씬 지나서 인시(寅時:새벽 4시경)무렵에 도무탄과 독고은한, 독고기상, 무영검수들은 오대산의 남쪽을 휘돌아서 좌타호하를 따라 남서쪽으로 질주하고 있었다.

도무탄과 이들이 처음 만난 곳에서 이곳까지 칠십여 리 동안 한시도 쉬지 않고 달려오는 중이라서 모두들 극도로 지친 상태다.

아니, 단 한 사람 도무탄만은 조금도 지치지 않았다.

그는 어제 귀식대법과 혼혈이 제압된 상태에서 누워 있었던 커다란 바위 아래의 틈새에서 나온 이후에, 독고지연과 녹상을 찾으려고 수십 리를 헤매었으며, 연운조를 만나고 나서는 미령애를 거쳐 타호하의 하류에서 독고은한과 독고기상 등을 만나 잠시 쉬었다가 다시 이곳까지 줄기차게 칠십여 리를 달려왔지만 숨소리조차 거칠어지지 않았다.

과연 권혼력은 대단, 아니, 가공했다. 그것은 아무리 퍼내도 결코 마르지 않는 샘물처럼 무궁무진했다.

도무탄은 권혼력이 지닌 무한대의 능력에 내심 감탄을 거듭하고 있다.

이들 무리 중에서 가장 고강한 무영이 대주와 그다음으로 고강한 독고기상조차도 몹시 지쳐서 입과 코에서 거친 숨을 토해낼 때마다 부연 입김이 뿜어졌다.

도무탄은 독고지연을 자신의 여자, 즉 아내라고 생각하기 때문에 이들 무영검가 사람들이 남처럼 여겨지지 않았다.

더구나 이들은 도무탄이 권혼을 얻은 것 때문에 독고지연이 십팔복호호법에게 제압되어 위험한 상황에 처하게 된 것에 대해서 그를 나무라거나 그 일에 대해서는 한마디도 하지 않았다.

그리고 그의 권혼을 탐내거나 빼앗으려 들기는커녕 호기심조차도 보이지 않았다. 그런 점에서 이들은 매우 공명정대한 것 같았다.

독고은한은 달리는 중에도 줄곧 도무탄 옆을 지켰다. 그를 챙겨주고 도움을 주려는 뜻인데 실상 그는 그녀의 도움을 바랄 것이 하나도 없었다.

다만 그녀의 그런 마음씀씀이를 알기에 도무탄은 몹시 고맙게 생각했다.

독고기상과 무영이대주가 앞장서서 달리고 그 뒤를 무영검수들이 따랐으며 맨 뒤에 도무탄과 독고은한이 나란히 달리고 있다.

아직도 캄캄한 밤이지만 도무탄의 눈에는 대낮처럼 환하게 보였다.

무언가를 보려고 의도하면 권혼력이 눈으로 집중되기 때문에 너무도 선명하고 또렷하게 사물이 보였다.

무영검가 사람들의 경공술은 뛰어난 수준이고 무림에서도 일류에 속하지만 비류행에는 미치지 못했다. 과연 천하제일의 도둑 부녀가 사용하는 경공술다웠다.

도무탄은 어제부터 지금까지 비류행을 원 없이 전개하고 있는 중이다.

그러면서 무영검가 사람들의 경공술과 비교하여 비류행이 월등하게 우위를 차지하는 것을 보면서 새삼 녹상에게 고마움을 느꼈다.

도무탄은 달리고 있는 무영검수들 사이로 전방에 강이 두 갈래로 갈라지는 것을 발견하고 앞쪽에 외쳤다.

"형님! 왼쪽 강을 따라가십시오!"

좌타호하는 기름진 평야지대가 시작되는 이곳에서 두 갈래로 나누어지는데, 오른쪽이 좌타호하이고 왼쪽이 목마하(牧馬河)다.

좌타호하를 따라 올라가면 원평과 도무탄의 고향집인 방란촌으로 가고, 목마하를 따라서 가면 정양현(定襄縣)이 나오는데, 그곳에서 남쪽으로 방향을 틀면 석령관을 지나서 태원성에 이른다.

독고기상은 도무탄을 힐끗 돌아보고는 내처 왼쪽 강을 따라 나는 듯이 줄달음질을 쳤다.

그와 무영이대주는 어느 정도 버티고 있는데 그 뒤를 따르는 무영검수들은 숨이 턱에 차서 헐떡거린다.

무영검수만큼은 아니지만 독고은한도 꽤 지쳐서 할딱거리는 소리가 도무탄에게 똑똑히 들렸다.

그는 독고은한이 줄곧 자기 옆을 떠나지 않고 지켜주는 의도가 무엇인지 잘 알고 있다.

그래서 독고지연하고는 전혀 다른 성격인 그녀가 처형으로서 정말 고마웠다.

슝—

그는 왼손을 뻗어 독고은한의 손을 잡았다.

"……."

그에게서 약간 뒤처져서 달리고 있던 독고은한은 깜짝 놀라서 그를 바라보았다.

그런데 그때 도무탄이 잡은 손을 통해서 화끈하면서 뜨거운 기운이 파도처럼 쏟아져 들어오자 그녀는 깜짝 놀랐다.

"아……."

그녀는 그것이 권혼의 기운 권혼력이라는 것을 즉시 알아차리고 마음이 마구 헝클어졌다.

손을 통해서 전해지는 느낌이 아까 둔부를 통해서 느껴졌던 것과 흡사했기 때문이다.

그 순간 신기한 일이 벌어졌다. 숨이 턱에 차고 허파가 터질 것 같았으며 심장이 세차게 쿵쾅거리던 것이 한순간 거짓말처럼 가라앉았다.

독고은한은 신기한 표정을 지으며 도무탄의 옆얼굴을 그윽하게 바라보았다.

그리고는 그녀는 그가 보기 드물게 준수한 용모를 지닌 데다 키가 크고 체구가 당당하다는 사실을 그제야 새삼스럽게 깨달았다.

그때 마침 도무탄이 그녀를 힐끗 쳐다보더니 눈을 찡긋하며 빙그레 미소 지었다.

[지금 처형은 '제부가 정말 잘 생겼구나' 하고 감탄하고 있는 거지요?]

독고은한은 실제로 그렇게 생각하고 있었으나 도무탄이 뻔뻔스럽게 그렇게 말하자 곱게 그를 흘기면서 입술을 삐죽 거렸다.

[정말 넉살도 좋아.]

[연아는 그 넉살에 반했답니다.]

[아유… 정말…….]

독고은한은 도무탄을 미워하려야 미워할 수 없다는 것을 새삼 깨달았다.

문득 도무탄이 정색을 했다.

[처형은 정말 연아하고 많이 닮았습니다.]

[좋은 뜻이에요?]

[그럼요. 연아처럼 예쁘다는 뜻입니다. 아니, 처형에게는 또 다른 매력이 있습니다.]

[무슨 매력인가요?]

[음. 연아에겐 뾰족한 가시가 있는데 처형은 보호해 주고 싶은 마음이 절로 생깁니다.]

[그래서 손을 잡아준 건가요?]

도무탄은 보기 좋은 미소를 지었다.

[처형을 안고 달릴 수도 있습니다. 그럴까요?]

[정말 당신…….]

독고은한은 살짝 얼굴을 붉혔다. 그녀를 만나는 사람마다 귀에 딱지가 앉도록 아름답다는 칭송을 들었지만 도무탄에게 듣는 칭찬은 남다르고 기뻤다. 더구나 안고 달릴 수도 있다는 말에 마치 자신이 그의 품에 안겨 있는 듯한 착각마저 들었다.

동생의 남편 제부에게 듣는 예쁘다는 칭찬이 어째서 남다르고 기쁜지 그녀는 이유를 알지 못했다.

[처형도 무림에 미명(美名)이 쟁쟁하겠군요?]

도무탄이 호기심어린 얼굴로 묻자 독고은한은 살포시 수줍은 미소를 지었다.

[소녀는 무림에서 활동을 거의 하지 않았으며 거의 집안에만 틀어박혀 있어서 강호의 사람들은 소녀에 대해서 전혀 몰라요.]

[그런가요?]

[연아는 성격이 활달해서 바깥생활을 좋아하지만 소녀는 집에서 무공을 연마하거나 시를 쓰고 바느질이나 요리를 하는 것을 좋아해요.]

[천상 여자로군요.]

도무탄은 진지한 얼굴로 고개를 끄떡였다.

[어쨌든 다행입니다.]

[뭐가 말인가요?]

[천하가 처형의 미모를 모르기 때문에 지금까지 처형이 무사한 겁니다.]

독고은한은 의아한 표정을 지었다.

[무사하다니… 무슨 뜻이죠?]

도무탄은 시치미 뚝 떼고 매우 진지한 표정으로 설명했다.

[연아처럼 처형의 미명이 천하에 파다하게 알려졌다고 가정해 보십시오. 수많은 남자가 지금껏 처형을 가만히 놔뒀겠습니까? 연아는 깐깐한 성격이라서 자기 관리를 잘해서 접근하는 남자들을 물리치지만 처형은 성품이 곱고 여려서 남자들의 공격적인 접근을 차마 거절하지 못했을 테니 이미 예전에 혼인을 했을 것입니다.]

[그… 런가요?]

[당연히 그렇습니다. 만약 그렇게 되었다면 나한테는 기회 같은 게 없었을 것 아니겠습니까?]

독고은한은 의아한 표정으로 그를 바라보았다.

[기회라뇨?]

도무탄은 정면을 응시하며 진지한 표정을 지었다.

[처형을 사랑할 기회 말입니다.]

[……]

독고은한은 눈을 동그랗게 뜨고 놀랐다.

[당… 신은 연아의 남편이잖아요. 그런데 어떻게 소녀를 사랑할 수 있겠어요?]

도무탄의 표정이 더욱 진지해졌다.

[그러면 안 됩니까?]

[……]

[처형, 대답해 보십시오. 내가 처형을 보고 한눈에 반했다면, 그래서 처형을 사랑하면 안 됩니까?]

독고은한은 머릿속이 마구 뒤죽박죽 돼버렸다. 그러면서도 가슴속 한복판으로 따스하고 부드러운 물줄기가 훈훈하게 흐르는 것을 느꼈다.

[안 되는 것은 아니지만……]

도무탄은 한 술 더 떴다.

[처형은 나를 사랑할 수 있겠습니까?]

점입가경(漸入佳境)이다. 독고은한은 두 발이 땅을 딛고 있는 것인지 이곳이 어디인지 정신이 몽롱해졌다.

요즘 세상에 잘난 남자들이 부인과 첩을 여럿 거느리는 일은 흔한 일이고, 자매가 한 남자를 사랑하고 함께 모시는 것도 드문 일은 아니다.

[왜 대답을 못 합니까?]

[아… 소녀는……]

독고은한이 쩔쩔매자 도무탄은 그제야 명랑한 웃음을 터

뜨렸다.

[하하하! 농담입니다! 농담!]

독고은한이 놀란 토끼눈을 하고 바라보자 그는 짓궂은 표정을 지었다.

[하하하! 나는 원래 농담이나 장난을 좋아합니다. 이해하십시오, 처형.]

독고은한은 가슴이 심하게 두근거렸다. 도무탄이 한 번만 더 재촉했더라면 그녀는 대답을 할 뻔했었다.

동이 트기 전에 도무탄과 무영검가 사람들은 정양현에 들어서게 되었다.

정양현은 제법 큰 현이지만 너무 이른 시각이라서 인적이 전혀 없으며 적막하기 짝이 없었다.

독고기상과 무영이대주는 거리에서 주위를 두리번거렸다. 먼 길을 오느라 지치고 시장하기 때문에 식사를 하면서 잠시 쉴 곳을 찾으려는 것이다.

하지만 아무리 번화한 정양현이라고 한들 동이 트기도 전에 그런 곳이 있을 리 없다.

"형님, 소제를 따라오십시오."

그때 뒤쪽에 있던 도무탄이 독고기상을 스쳐 지나 앞으로 달려가며 말했다.

독고기상은 도무탄이 이곳에 믿는 구석이 있을 것이라 생각하고 안도의 표정을 지으며 모두에게 그를 따르라는 손짓과 함께 자신도 그의 뒤를 바싹 따랐다.

독고기상이 따라가면서 보니까 도무탄과 독고은한이 손을 꼭 잡고 있는 것을 발견했다.

그런데 독고은한이 지친 듯 뒤로 처지고 있어서 독고기상은 도무탄이 그녀를 도와서 이끌어주고 있는 것이라고 좋게 생각했다.

도무탄이 일행을 이끌고 간 곳은 경치가 수려한 목마하 강변에 위치한 삼 층의 매우 큰 규모의 기루였다.

경화루(慶華樓)라는 현판의 입구 전문을 도무탄이 주먹으로 두드렸다.

쿵쿵쿵!

독고기상과 무영검수들은 그의 뒤쪽에 모여서 몹시 지친 모습으로 지켜보았다.

독고은한은 이제 그러지 않아도 되는데도 도무탄 옆에 서서 그의 왼손을 꼭 잡고 있었다. 아마 손을 잡고 있다는 사실을 잊고 있는 듯했다.

그긍…….

잠시 후 커다란 전문이 열리고 한 명의 호위무사가 졸린 얼굴로 모습을 드러냈다.

"대체 이 새벽에 누가……."

"루주 있느냐?"

"……."

눈을 비비면서 어눌하게 중얼거리던 호위무사는 자신의 앞에 우뚝 서서 호통치듯이 묻는 도무탄을 쳐다보다가 한순간 얼어붙더니 그 자리에 고꾸라지듯이 엎드려 부복했다.

"바… 방주!"

경화루는 해룡방 기상단 휘하에 있는 기루다.

한 시진 후 경화루 앞에 도무탄과 독고기상, 독고은한 등 무영검수들이 모여 있다.

그들은 경화루에서 맛있는 음식을 배불리 먹고 잠시 휴식을 취하고 나서 다시 출발을 하려는 것이다.

이십 대 중반에 미모를 갖춘 경화루주가 도무탄 곁에 그림자처럼 서 있다.

그리고 호위무사들이 열여섯 필의 말고삐를 잡고 도무탄 등에게 끌어오고 있다.

"내 말 잘 알아들었느냐?"

도무탄이 확인하듯이 묻자 경화루주는 공손하면서도 우아하게 고개를 숙였다.

"태원성 산예문에 연락하여 십팔복호호법들이 어디에 있는지 알아내라고 방주께서 출발하시는 대로 전서구를 보내겠어요."

도무탄은 고개를 끄떡이고 나서 호위무사의 손에서 두 필의 말고삐를 받아 쥐고 독고기상에게 다가갔다.

"형님, 이 말을 타십시오."

"고맙소."

독고기상은 가볍게 고개를 숙이고 고삐를 받았다.

이즈음의 그는 시나브로 도무탄에게 깊은 신뢰를 느끼고 있었다.

처음에 도무탄이 나타나서 지금까지의 행동을 잘 되짚어 보면 그가 독고기상과 독고은한 그리고 무영검수들에게 매우 열성적이고 헌신적이었다는 사실을 잘 알 수가 있다.

독고기상 등은 막내 여동생을 구하러 왔지만 만약 도무탄이 없었다면 낭떠러지 끝에 선 것처럼 막막할 뻔했다.

필경 오대산에서 독고지연을 찾으려고 며칠 동안 헛수고만 하다가 아무런 수확도 없이 쓸쓸히 북경성으로 돌아갔을 것이다.

말을 가져온 호위무사들이 무영검수들에게도 각자 말 한 필씩 골고루 나누어 주었다.

그런데 독고은한이 낭패한 표정을 지었다.

"소녀는 말을 탈 줄 몰라요."

그녀는 처형이면서도 도무탄에게 아까부터 자신을 줄곧 '소녀'라고 지칭하며 난감해했다.

"한아, 이리 오너라. 나하고 같이 타고 가자."

이미 말에 탄 독고기상이 손을 뻗자 웬일인지 독고은한은 머뭇거리다가 도무탄을 살짝 바라보았다.

도무탄은 그녀의 뜻을 알아차리고 빙그레 미소 지으면서 팔을 뻗었다.

"형님, 처형은 소제가 모시고 가겠습니다."

독고기상이 어? 하면서 어이없는 표정을 짓고 있는데 독고 은한은 도무탄의 말이 떨어지기 무섭게 이미 그의 손을 잡고 그가 탄 말에 오르고 있었다.

"하하하! 처형도 여자이니까 아무래도 잘생긴 소제하고 같이 가는 게 더 좋지 않겠습니까?"

그가 뻔뻔한 넉살을 떠는데도 독고기상은 왠지 밉지 않았다. 사실 그는 평소에 넉살이 좋거나 뻔뻔한 성격의 사람을 달갑지 않게 여겼었다.

그런 사람들은 대부분 무례하기 때문이다. 하지만 도무탄은 넉살이 좋고 뻔뻔하면서도 무례하기는커녕 사람이 매우 기분 좋을 정도로 예의를 잘 지키고 있다.

"방주, 그럼 조심히 가세요."

경화루주가 도무탄에게 다가와 가만히 그의 바지를 잡는 체하더니 살짝 종아리를 꼬집고는 그의 발을 잡고 있는 손을 놓지 않았다.

도무탄이 굽어보니까 그녀는 얄밉다는 듯 그리고 섭섭한 듯 곱게 눈을 흘겼다.

도무탄의 뒤에 앉은 독고은한은 경화루주를 보고는 그녀가 왜 그런 표정을 짓는지 의아하게 생각했다.

해룡방 기방주인 한매선뿐만이 아니라 기상단 휘하의 굵직굵직한 기루의 루주들은 전부 이십 대의 미녀뿐인데 사실은 지금까지 절반 이상의 루주가 도무탄과 잠자리를 같이했었다.

산서성 전역에는 해룡방 기상단이 거느리고 있는 기루가 정확하게 백다섯 곳이 있다.

그리고 도무탄은 기방주 한매선을 비롯하여 칠십여 명의 루주와 동침을 했었다.

강제성은 전혀 없었다. 루주들에게는 도무탄이 하늘이나 다를 바 없는 존재이고, 게다가 건강하며 준수하기 때문에 루주들 자신이 그와 동침하기를 원했으며 홀몸이며 혈기왕성한 도무탄으로서는 거절할 이유가 없었다.

그러나 연인이 있거나 이미 혼인을 한 루주의 경우는 도무탄도 깍듯하게 예의를 갖추어서 대했다.

경화루주도 도무탄의 잠자리 시중을 세 번 들었다. 처음에는 경화루주라는 지위를 받아 한매선이 태원성 천보궁으로 데리고 왔을 때였고, 그 외 두 번은 도무탄이 이곳 정양현에 불쑥 찾아왔을 때였었다.

독고은한을 자신의 뒤에 태운 도무탄은 경화루주에게 벙긋 웃어 보이고는 말을 몰아 독고기상의 뒤를 따랐다.

우두두둑—

동이 트기 시작하는 정양현 거리 한가운데를 열다섯 필의 말이 지축을 울리며 달려나갔다.

경화루주는 황진을 일으키면서 멀어지는 인마(人馬)의 무리를 보면서 입술을 삐죽거렸다.

"방주는 순 바람둥이야."

정양현에서 태원성까지는 이백여 리의 거리다.

정양현을 출발한 도무탄 일행은 정오 무렵에 석령관에 이르러 구불구불한 산길을 가고 있다.

"아……."

관도가 아닌 산길이라서 속력을 내지 못하는데다 말이 심하게 흔들리자 뒤에 탄 독고은한은 두 팔로 도무탄의 허리를 꼭 끌어안고 있는데도 떨어질 것처럼 심하게 좌우로 요동치듯이 흔들렸다.

여기까지 오는 동안 그녀는 두 팔로 도무탄을 끌어안은 자세라서 젖가슴을 비롯한 몸의 앞면이 그에게 온통 밀착되어 참으로 민망했었다.

아니, 꼭 민망한 것만은 아니었다. 민망하고 부끄러운 한편으로는 이상하게 가슴이 두근거렸다.

낯선 남자와 이렇게 신체 접촉을 하는 것은 난생처음 있는 일이다.

아니, 낯선 남자가 아닌 가까운 오빠나 부친이라고 해도 이런 일은 한 번도 없었다.

그녀가 이해심과 배려심이 많기는 하지만 그렇다고 해서 쉬운 여자라는 뜻은 아니다.

그녀는 산길로 접어든 이후 말에서 떨어지지 않으려고 그를 결사적으로 끌어안느라 정신이 하나도 없는 상황이다.

"처형, 안 되겠습니다. 앞쪽으로 오십시오."

도무탄이 말을 멈추고 상체를 뒤로 돌려 손을 내밀자 독고은한은 기다렸다는 듯이 그의 손을 잡았다.

그는 독고은한을 가볍게 번쩍 안아서 자신의 앞에 앉히고 다시 말을 출발했다.

도무탄이 양팔을 뻗어서 말고삐를 잡고 독고은한은 그 안쪽에 있기 때문에 양팔이 담 역할을 해주어서 이제는 말에서 떨어질 걱정을 하지 않아도 될 듯했다.

"처형, 이제 괜찮습니까?"

도무탄이 속삭이듯이 묻는데 독고은한이 그의 어깨에 머리를 기대고 있는 자세라서 그의 입술이 그녀의 귀와 뺨에 닿을 듯했으며 뜨거운 입김이 뿜어졌다.

그녀는 간지러운 듯 어깨를 움찔거렸다.

"네……."

그녀는 얼굴을 붉히면서 고개를 숙였다. 뒤에서 그의 허리를 끌어안고 있는 것보다는 훨씬 편안했으며 떨어질 염려가 없어서 좋았다.

더구나 등과 뒷머리를 도무탄의 가슴과 어깨에 기대고 있으니까 등받이가 있는 의자에 앉아 있는 것처럼 편안했다.

다만 둔부에 도무탄의 뭉툭한 것이 지그시 누르고 있는 것이 몹시 신경 쓰였다.

第三十六章

구출

도무탄 일행이 태원성에 도착한 시각은 땅거미가 깔리기 시작한 초저녁이다.

도무탄은 태원성 안으로 들어가지 않고 성 밖 관도에서 어느 숲 속으로 일행을 이끌고 들어갔다.

그곳 공터에 십여 대의 마차와 짐을 실은 수레, 그리고 산예문 수하 다섯 명이 기다리고 있다가 도무탄을 발견하고는 공손히 허리를 굽혔다.

산예문 수하들은 마차에서 장사치들이 주로 입는 두툼한 단삼(單衫) 여러 벌을 꺼냈다.

"형님, 모두 이 옷을 겉에 걸치십시오."

도무탄이 말하자 독고기상은 솔선해서 어깨의 장검을 풀고 단삼을 걸치면서 무영검수들도 입도록 했다.

만약 검을 멘 경장 고수들이 태원성 내로 우르르 몰려 들어가면 개방제자들의 눈에 띄지 않을 수가 없다. 그러면 그 사실이 즉각 십팔복호호법에게 전해질 것이고 그들이 손을 쓰는 것은 당연한 일이다.

"자. 여기, 처형 옷은 좀 작은 것을 준비했습니다."

도무탄은 여러 벌의 단삼 중에서 작은 것을 골라 독고은한이 입기 편하도록 뒤쪽에서 벌려주고 그녀가 팔을 끼자 잘 입혀주었다.

독고은한은 도무탄의 시중을 받으면서 행복한 느낌을 떨치지 못했다.

장사꾼처럼 모두 단삼으로 갈아입고 검을 풀어서 감췄는가 하면, 더러는 모자를 쓰기도 한 모습으로 산예문 수하들의 뒤를 따라서 마차와 수레를 끌고 관도로 나섰다.

도무탄과 무영검수들이 타고 온 말들은 마차와 수레 뒤에 묶어 따라오게 했다.

독고은한은 도무탄이 어딜 가도 무엇을 해도 그가 바늘이고 자신이 실인 양 졸졸 따라다녔다.

일행이 관도로 나오자 그녀는 도무탄과 나란히 어느 마차 옆에서 걸었다.

"처형은 이제 마차 안에서 편히 쉬십시오."

척!

도무탄이 말과 함께 산예문 수하에게 고개를 끄떡이자 수하는 정중히 마차 문을 열었다.

마차 안에는 푹신한 보료와 베개 등이 준비되어 있어서 눕기만 하면 곧 잠이 올 것만 같았다.

독고은한은 그걸 보고 도무탄이 자길 위해서 미리 준비를 시켰다는 사실을 깨닫고 가슴이 뭉클했다.

탁!

그녀가 마차에 타자 곧 문이 닫혔다. 베개를 베고 누워서 다리를 뻗으니까 구름 위에 누운 것처럼 편안했으며 곧 잠이 쏟아질 것만 같았다.

그렇지만 기대했던 것처럼 잠은 오지 않았으며 더구나 왠지 허전한 느낌이 들었다.

그녀는 오래지 않아서 그 이유를 깨달았는데 놀랍게도 도무탄이 옆에 없기 때문이었다.

믿어지지 않게도 그 짧은 시간 동안에 그녀는 도무탄에게 정이 흠뻑 들거나 길이 들었나 보다.

척!

독고은한은 마차에 탄 지 반각 만에 다시 마차에서 나왔다.

그리고는 마차의 마부석에 앉아 있는 도무탄 옆에 가서 나란히 앉았다.

도무탄은 그녀를 보고는 아무것도 묻지 않고 빙그레 엷은 미소를 지으며 손을 뻗어 그녀의 둔부를 안고는 자신 쪽으로 바짝 끌어당겼다. 마부석이 둘이 나란히 앉기에는 비좁기 때문이다.

"처형이 한번 몰아보겠습니까?"

도무탄은 마차를 끌고 있는 두 필의 말고삐를 그녀에게 내밀며 물었다.

그녀가 수줍게 미소 지으며 고개를 끄떡이자 그는 다리를 넓게 벌리고는 그녀를 가볍게 안아 자신의 앞에 앉히고 말고삐 양쪽을 그녀의 양손에 쥐어주었다.

"손에 힘을 빼고 그저 가만히 잡고만 있으면 됩니다."

그는 그녀가 앞으로 뻗은 두 팔의 바깥쪽에서 그녀의 팔과 평행이 되도록 나란히 팔을 뻗어 말고삐를 함께 잡고 조용히 알려주었다.

독고은한은 이런 상황이 될 줄은 예상하지 못했었지만 싫다고 뿌리치지 않았다.

태원성 최대 하오문인 산예문이 조사한 바에 의하면 십팔 복호호법은 개방 태원분타가 제공한 태원성 내의 어느 장원에 묵고 있었다.

그 장원에 독고지연이 있는지의 여부는 알 수 없지만 십팔
복호호법이 있다면 그녀도 같이 있을 것이다.

아직은 이른 저녁이라서 도무탄 등은 해룡방 기상단 휘하
분수 강가의 천화루에 들어가서 휴식을 취하며 밤이 깊어지
기를 기다렸다.

북경성 무영검가를 출발한 뒤로는 이틀에 걸쳐서 달리는
동안 정양현 경화루에서 한 시진 남짓 식사를 하면서 쉰 것이
전부였기에 도무탄과 독고은한, 독고기상, 무영이대주를 제
외한 무영검수들은 천화루 후원의 별채에 들어가 각자의 방
을 배정받자마자 쓰러지듯이 잠에 취해 버렸다.

"그럼 쉬십시오, 형님."

"귀하."

도무탄이 독고기상에게 인사를 하고 방을 나오려는데 그
가 일어서며 도무탄을 불렀다.

"여러모로 고맙소."

독고기상은 포권을 하고 고개를 숙이며 정중하게 인사했
다.

"별말씀을."

도무탄은 마주 포권을 하면서 고개를 숙이고는 밖으로 나

왔으며 독고은한이 따라 나왔다.

그는 독고기상이 아직 자신을 매제로 인정하지 않는다는 것을 알고 있다.

하지만 그것에 대해서는 조금도 서운하지 않다. 만약 입장을 바꿔놓고 생각해 봐도 그 역시 독고기상하고 별반 다르게 행동하지 않았을 것이다.

그만큼 독고기상은 신중을 기하는 것이다. 반면에 도무탄이 독고지연의 남편이라는 것이 밝혀지면 독고기상은 누구보다도 도무탄에게 잘해줄 사람이다.

그러면서 독고기상은 도무탄이 지금까지 도움을 준 것에 대해서 진심으로 고마워하고 있다.

복도로 나오자 천화루주 미림(美琳)이 다소곳한 자세로 기다리고 있다가 허리를 굽혔다.

"방주, 처소로 모실까요?"

"처형이 쉴 곳을 안내해라."

기상단 기방주 한매선의 수제자로서 방년 이십이 세인 미림은 도무탄의 '처형'이라는 말에 깜짝 놀라는 표정을 지었으나 곧 공손히 고개를 숙였다.

"그러겠습니다."

기상단 휘하 백여 명의 루주 중에서도 한매선이 특별히 미림을 총애하는 이유는 두 가지다.

도무탄이 미림을 예뻐한다는 것과 백여 명의 루주 중에서 가장 지혜롭기 때문이다.

도무탄과 독고은한은 미림을 따라서 나란히 걸어가고 있는데 독고은한이 전음을 보냈다.

[둘째 오라버니의 행동을 섭섭하게 생각하지 말아요.]

조금 전에 도무탄을 '귀하' 라고 부른 것을 말하는 것이다.

[조금도 그렇게 생각하지 않으니까 처형은 그런 것 때문에 염려하지 마십시오.]

독고은한은 도무탄의 성격이 호방해서 그럴 거라고 예상은 했으나 노파심에서 한마디 한 것이다.

미림이 방을 안내하자 도무탄은 직접 문을 열어주었다.

척!

"편히 쉬십시오, 처형."

실내는 크고 화려했으며 없는 것이 없을 정도로 잘 갖추어져 있었다.

"세 시진 가까이 시간이 있으니까 당신도 푹 쉬어요."

"그러겠습니다."

독고은한이 실내로 들어가자 도무탄은 문을 닫고 돌아섰다.

그녀는 넓은 방 문 안쪽에 우두커니 선 채로 천천히 실내를 둘러보았다.

어젯밤 만리장성 부근에서 도무탄을 만난 이후 그와 줄곧 한 몸처럼 붙어 지내다가 처음으로 떨어졌더니 왠지 한기가 느껴질 만큼 허전했다.

척!

그때 옆방의 문 열리는 소리가 들렸다. 아마 도무탄이 옆방에 들어가려는 듯했다.

"천첩이 모시겠어요."

조금 전에 봤던 천화루주라는 빛(光)처럼 눈부신 여자의 목소리가 들렸다.

'모신다'는 것은 보편적으로 잠자리 시중을 들겠다는 뜻이다. 그러니까 그녀가 도무탄과 정사를 하겠다는 것이어서 독고은한은 부지중에 바싹 긴장했다.

독고은한은 예전에는 해룡방이라는 이름을 들어본 적이 없었으며, 산서성 최고부호인 무진장 도무탄에 대해서는 더욱 알지 못했었다.

그렇지만 아까 들렀던 정양현의 경화루에 이어서 이곳 태원성의 천화루를 임시 숙소로 삼은 것을 보면 도무탄이 기루를 여러 개 운영하고 있다는 것을 짐작할 수 있다.

그러므로 도무탄이 지금까지는 자신이 운영하는 기루의 기녀들이나 루주들하고 어렵지 않게 정사를 했을 수도 있다.

"됐다. 그만 물러가라."

"방주."

"자정에 여길 나가야 하니까 그전에 요기를 할 수 있도록 준비해라."

차분한 도무탄의 목소리가 들려오자 왠지 독고은한은 마음이 편안해졌다.

독고은한은 그가 자신의 아내라고 주장하는 독고지연이 십팔복호호법에게 납치된 상황에서 천화루주라는 여자의 유혹 따위에는 넘어가지 않을 것이라고 믿었지만, 막상 그의 싹뚝 자르는 듯한 대답을 듣자 그럼 그렇지 하는 생각이 들어서 기분이 좋아졌다.

피곤했었는지 독고은한은 침상에 눕자마자 깊은 잠에 빠져들고 말았다.

"……."

그리고 얼마나 잤을까, 누군가 문을 열고 침상으로 걸어오는 기척에 잠이 깼다.

그러나 눈을 뜨지는 않았다. 다가오는 사람이 도무탄이라는 사실을 하루 만에 익숙해진 그의 호흡과 특유의 독특한 체취로 간파했기 때문이다.

잠에서 깼는데도 그녀는 눈을 뜨지 않고 자는 체하고 가만히 누워 있었다.

도대체 무엇을 기대하고 그런 앙큼을 떠는 것인지 그녀 자신이 생각을 해도 전혀 그녀답지 않은 행동이다. 그렇지만 거기까지 생각하면서도 그녀는 꼼짝하지 않았다. 그러면서 알 수 없는 그 무엇인가를 기대했다.

슥—

그녀는 도무탄이 자신의 옆 침상에 가만히 걸터앉는 것을 느꼈다.

그때부터 그녀의 가슴이 갑자기 두근거리기 시작했다. 그래서 그녀가 자는 체하고 있는 것을 거칠어진 심장박동 때문에 그에게 들킬 것 같아서 어서 눈을 떠야겠다고 생각했다.

그런데 그때 갑자기 그의 손이 그녀의 얼굴을 쓰다듬었다. 그게 아니라 얼굴을 덮고 있는 머리카락을 쓸어 올려주는 것이었다.

마치 아버지가 어린 딸에게, 남편이나 연인이 자신의 여자에게 하듯 자연스럽고 친근한 동작이다.

도무탄은 독고은한의 머리카락을 쓸어 올려주고 나서 아주 잠깐 그녀가 독고지연으로 보였다. 그리고는 그녀에 대한 그리움에 확 불이 당겨졌다.

슥—

그래서 자신도 모르게 고개를 숙여 그녀의 작고 붉은 입술에 입맞춤을 해버렸다.

그녀가 움찔 놀라는 것 같았으나 개의치 않고 혀로 그녀의 입술을 열고는 따스하고 매끄러운 혀를 부드럽게 잡아당겨서 음미하듯이 빨았다.

그러면서 상의 속으로 손을 집어넣어 부드럽고 따스하며 풍만한 젖가슴을 움켜잡고는 손가락으로 유두를 건드리며 더욱 격렬하게 혀를 빨았다.

이 순간의 그는 자신이 독고지연하고 입맞춤을 하는 것이라는 착각에 빠졌다.

"음……."

그런데 독고은한이 두 손으로 그의 가슴을 힘껏 밀면서 세차게 몸부림치며 낮은 신음을 흘렸다.

도무탄은 정신이 번쩍 들어 급히 입을 떼면서 다급히 그녀의 혼혈을 제압해 버렸다.

"당신……."

그녀는 눈을 동그랗게 뜨고 놀라면서 도무탄에게 무슨 말인가 하려다가 눈을 감으며 깊은 잠에 빠졌다.

도무탄은 쓸쓸한 표정으로 그녀를 굽어보았다. 사실 그는 조금 전에 독고기상에게 찾아가서 십팔복호호법에게서 독고지연을 구해 오는 것은 위험한 일이니까 독고은한을 이곳에 놔두고 다녀오는 것이 어떻겠느냐는 제안을 했었고 독고기상은 쾌히 허락했다.

하지만 그녀가 말을 듣지 않을 것이기에 도무탄이 그녀의 혼혈을 제압하러 온 것인데 뜻하지 않게 입맞춤을 해버렸던 것이다.

그러나 그는 크게 개의치 않았다. 그는 원래 지나치게 심각하거나 진지한 것을 좋아하지 않는 성격이다.

산예문 수하들은 태원성 남서쪽 진무문(振武門) 근처에 있는 무유장(無遊莊)이라는 곳에 십팔복호호법이 있다는 사실을 알아냈었다.

태원성 서쪽에는 북쪽에서 남쪽으로 네 개의 호수가 길쭉하게 드문드문 이어져 있으며 무유장은 그중에서 가장 남쪽의 호수를 등지고 위치해 있다.

도무탄과 독고기상, 무영이대주를 비롯한 무영검수들은 무유장이 저만치 보이는 어느 골목 안에 모였다.

[너희들은 저기와 저기, 그리고 저곳 서쪽 담 끝과 남쪽 담 끝과 반대편 끝에 세 명씩 일 개 조를 이루어 은둔해 있다가 장원 내에서 싸우는 소리가 나면 일제히 들이닥쳐서 우리를 도와라.]

무영이대주가 골목 밖 무유장의 네 군데를 손으로 가리키면서 열두 명의 무영검수에게 전음으로 지시했다.

무유장 안으로는 도무탄과 독고기상, 무영이대주 세 사람만 잠입하기로 했다.

자정이 반 시진이나 지났기 때문에 소림무승 대부분이 자고 있을 것이라고 판단했다.

독고기상과 무영이대주는 도무탄의 무위(武威)를 정확하게 모르지만 그가 권혼을 얻었고 또 여기까지 오는 동안 그가 발휘한 경공술을 보면 자신들에 비해서 뒤지지 않는 수준일 것이라고 짐작했다.

[갑시다.]

독고기상이 전음으로 말하면서 골목 밖으로 쏘아 나갔고 그 뒤를 무영이대주와 도무탄이 그림자처럼 따랐다.

산예문 수하가 이곳 무유장의 내부도를 상세히 가르쳐 주었고 도무탄 이하 모두가 그것을 충분히 숙지해 두었다.

세 사람은 순식간에 대로를 가로질러 무유장 골목으로 스며들었다가 독고기상과 무영이대주, 도무탄의 순서로 야조처럼 담을 넘어 잠입했다.

무유장 내에는 아홉 채의 전각이 있는데 세 사람은 일단 흩어져서 독고지연을 찾아보기로 했다.

도무탄은 북쪽에 있는 세 채의 전각을 살피기 위해서 비류행을 전개하여 어둠을 뚫고 쏘아갔다.

제압한 독고지연을 창고나 그와 비슷한 건물에 감금했을

것이라고 짐작했으나 도무탄이 맡은 세 채는 그저 평범한 전각들이었다.

그는 일단 한 채씩 차근차근 살펴보기로 하고 가장 가까운 이 층 전각으로 유령처럼 쏘아갔다.

"휴우……."

도무탄이 두 채의 전각을 살펴보고 나서 가장 북쪽에 뚝 떨어져 있는 마지막 전각으로 다가가는데 그 전각 안에서 누군가의 긴 한숨 소리가 새어 나왔다.

축시(丑時:새벽 2시경)가 다 되어가는 늦은 시각에 잠들지 않고 한숨을 쉬고 있다는 것은 충분히 의심해 볼 만한 일이라고 판단한 그는 한숨 소리가 들려온 방향으로 조심스럽게 다가갔다.

그가 전각의 한쪽 끄트머리에 이르러 두리번거리고 있을 때 머리 위에서 두런두런 말소리가 들렸다.

"빈승은 여시주를 해칠 생각이 추호도 없소. 다만 무진장이라는 시주의 행방만 알면 되오."

도무탄은 바싹 긴장했다. 지금 말하는 목소리로 미루어 지난번에 서림장에 찾아왔었던 십팔복호호법의 수석승 지공이라는 승려가 분명했다.

그리고 지금 지공이 말하고 있는 상대는 독고지연이 분명할 것이다. 지공이 무진장 도무탄의 행방을 물을 사람은 그녀뿐이기 때문이다.

도무탄은 이 층 모서리에 있는 창을 올려다보았다. 지공의 목소리는 그곳에서 흘러나오고 있다.

"지금과 같은 상황이 계속된다면 무영검가가 피해를 입을 수도 있소."

"헛소리."

지공의 말이 끝나자마자 싸늘한 여자의 목소리가 뒤를 이었으며 도무탄의 얼굴 가득 반가움이 번졌다.

'연아!'

방금 말한 사람은 독고지연이 분명했다. 지금 도무탄이 올려다보고 있는 저 창 안쪽에 그녀가 있는 것이다.

도무탄은 지금이라도 당장 이 층 창을 부수고 뛰어들고 싶지만 저 안에 독고지연과 지공 두 명뿐인지 다른 소림무승이 더 있는지 알 수가 없어서 망설였다.

그는 자신이 지공하고 일대일로 싸워서 반드시 이긴다고 장담할 수가 없다.

더구나 조금이라도 소란스러우면 다른 소림무승들을 깨우게 될 텐데 그러면 독고지연을 구출하는 일이 어려워지거나 실패할 수도 있다.

"빈승은 헛소리를 하지 않소. 권혼을 훔쳐 간 자와 그것을 습득한 자는 무림의 공적인데 여시주가 계속 두둔하고 비호한다면 여시주 역시 무림공적으로 볼 수밖에 없고, 결국 여시주가 속해 있는 무영검가도 그 책임에서 자유롭지 못하게 될 것이오."

지공은 달래고 어르듯 조곤조곤하게 설명했다.

그리고 독고지연의 날카롭고도 조소하는 듯한 힐난이 뒤를 이었다.

"권혼이 너희 것이더냐?"

"그것은……."

"애당초 천신권은 천하를 주유하면서 무림고수들하고 일대일로 정당한 대결을 벌였었다. 그랬는데 소림사가 제멋대로 천신권을 혈살성이니 뭐니 해서 무림공적으로 만들어 무림추살령을 발동해서 온 무림고수를 동원해서 그를 잡아들여 권혼을 강제로 뺏고는 소림사 천불갱에 가둬 죽였던 것이 아니었느냐?"

"천신권은 너무 많은 사람을 죽였소."

"흥! 그래도 소림사가 죽인 숫자보다는 적을 것이다."

"여시주, 말이 지나치오."

"왜? 찔리느냐? 진짜 혈살성이고 무림공적으로 친다면 너희들 소림사가 아니겠느냐?"

"아미타불… 여시주가 계속 이런다면……."

"소림사가 지금까지 죽인 사람은 수만 명, 아니, 셀 수도 없을 정도로 많을 것이다. 그중에서 무고한 사람이 얼마나 많았겠느냐? 너희는 정말로 악인만 죽였다고 자부할 수 있느냐? 설혹 그렇다고 쳐도 누가 악인들을 마음대로 죽여도 좋다고 그랬느냐? 그런 권한을 누가 주었느냐? 소림사가 그럴 자격이 있다는 것이냐?"

"여시주."

"네놈들이 내 남편 도무탄의 머리카락 한 올이라도 건드린다면 나와 무영검가는 절대로 용서하지 않을 것이다."

독고지연이 저주를 퍼붓고 있다. 그녀는 목숨을 구걸하지도 않을뿐더러 너무도 당당하게 도무탄이 자신의 남편이라 밝히고 있다.

도무탄은 더 이상 참지 못하고 당장 창을 부수고 뛰어들려고 두 발에 권혼력을 집중했다.

"사형, 이런 식으로 좋게 대하니까 이 여시주가 우릴 우습게 보는 겁니다. 그러니까 소제 말대로 분근착골(粉筋鑿骨)의 수법으로 고문을 합시다."

그때 지공이 아닌 생소한 다른 목소리가 들려서 도무탄은 멈칫했다.

"음."

"이 여시주는 소제에게 맡기고 사형은 잠시 쉬었다가 오십시오. 그사이에 소제가 이 여시주에게서 죄다 실토를 받아놓 겠습니다."

"휴우… 빈승은 이제 더 이상 여시주를 감싸줄 수 없을 것 같소."

"흥! 누가 감싸달라고 했느냐?"

"알다시피 분근착골수법에 당하면 여시주는 폐인이 되기 십상이고 결국 심중에 있는 것을 다 털어놓고 말 것이오. 그 때 가서 빈승들을 원망하면 무슨 소용이 있겠소?"

"괜찮다. 차라리 분근착골을 당하다가 죽어버리면 속이 시 원할 것이다."

독고지연은 한 걸음도 물러서지 않았다.

도무탄이 급히 약속 장소로 달려가 보니까 그곳 어두컴컴 한 전각 모퉁이 안쪽에서 독고기상과 무영이대주가 착잡한 표정으로 대화를 나누고 있었다. 독고지연을 찾지 못해서 고 민하고 있는 것 같았다.

"형님, 찾았습니다. 연아가 저기에 있습니다."

마음이 더없이 급한 도무탄은 자신이 달려온 방향을 가리 키며 빠르게 말했다.

도무탄이 몸을 돌려 왔던 곳으로 달려가자 독고기상과 무 영이대주가 양쪽에서 나란히 달렸다.

도무탄은 달려가면서 그곳에서 자신이 들었던 내용을 두 사람에게 설명해 주었다.

"이런 개새끼들……."

말을 전해 들은 독고기상은 너무 분노해서 이를 부드득 갈면서 눈에서 불꽃을 뿜어냈다.

"내 동생에게 분근착골수법을 쓰겠다고? 이놈들, 절대 살려두지 않겠다."

"형님."

도무탄은 저만치 독고지연이 있는 전각이 보이자 독고기상에게 조용히 하라는 손짓을 해보였다.

전각의 이 층 창이 정면으로 보이는 정원의 몇 그루 나무 뒤에 몸을 숨기고 도무탄과 두 사람이 창을 응시하고 있다.

무영이대주가 작전을 설명했다.

[내가 창으로 진입하고 이 공자께서 문으로 돌진하시오. 도 공자는 이 공자 뒤에서 바싹 따라 붙으시오.]

그는 전각의 이 층 창을 가리켰다.

[내가 먼저 가서 실내의 동정을 살피겠소. 공격할 두 명의 소림무승이 실내 어디에 있는지 미리 파악을 해둬야지만 우리가 실내에 진입하는 것과 동시에 놈들을 급습할 수가 있을 것이오.]

무영이대주는 강호와 실전의 경험이 풍부해서 이런 상황

에서도 막힘이 없다. 그는 도무탄을 보며 당부했다.

[만약 실내에 소림무승이 두 명뿐이면 그들은 우리에게 맡기고 도 공자는 삼 소저를 구해서 뒤도 돌아보지 말고 탈출하시오.]

[알겠소.]

무영이대주의 표정이 굳어졌다.

[그러나 만약 실내에 소림무승이 세 명이나 그 이상이 있다면 도 공자도 싸움에 가담해야 할 것이오. 그래서 최대한 빠르게 놈들을 제압하고 삼 소저를 구하는 것이오.]

도무탄은 고개를 끄떡이고 나서 물었다.

[연아의 혈도를 풀어줘서 그녀도 우리와 함께 싸우게 하면 안 되오?]

[삼 소저의 어떤 혈도가 제압되어 있는지 모르는 상황이니까 그녀의 도움을 바라는 것은 위험하오.]

무영이대주의 말이 옳다. 독고지연이 어떤 상황에 처해 있는지도 모르면서 그녀에게 작전의 일부를 맡긴다는 것은 말도 되지 않는다.

[기다리시오.]

휘익!

정원 나무 뒤에 숨어 있는 도무탄과 독고기상은 무영이대주가 혼자 전각으로 달려가는 모습을 지켜보았다.

무영이대주는 전각 아래에서 잠시 호흡을 고르는 듯하다가 어느 순간 단숨에 수직으로 일 장 반을 뛰어올라 창 옆에 살짝 올라서더니 실내의 기척을 살핀 후에 아래로 뛰어내려 두 사람이 기다리고 있는 곳으로 되돌아왔다. 거기에 소요된 시각은 다섯 호흡에 불과했다.

[실내에는 두 명의 소림무승과 삼 소저뿐이오. 그러니까 조금 전에 세운 그 계획대로 합시다.]

무영이대주는 이어서 소림무승과 독고지연이 실내 어떤 위치에 있는지 설명했다.

그의 설명 이후에 도무탄과 독고기상은 진지한 얼굴로 고개를 끄떡이고는 전각으로 달려갔다.

[잠깐.]

전각 안 일 층으로 잠입하자 독고기상이 도무탄의 팔을 붙잡아 벽 아래 으슥한 곳으로 이끌었다.

[스스로에게 귀식대법을 펼칠 줄 아시오?]

호흡을 하거나 심장박동을 내면서 문 밖에 접근을 하면 소림무승들이 감지할 것이다.

도무탄은 고개를 가로저었다.

[모릅니다.]

[호흡을 다스릴 수 있겠소?]

도무탄은 잠자코 생각에 잠겼다. 권혼력으로 어떻게 할 수 없을까 궁리하는 것이다.

그사이에 독고기상은 초조한 표정을 지으며 이 층으로 뻗은 계단을 쳐다보았다.

무영이대주는 도무탄과 독고기상이 이 층 방 앞에 이르는 시각을 계산했다가 바깥 창으로 진입을 할 것이기 때문에 도무탄이 여기에서 지체해서는 안 된다.

'호흡과 심장박동.'

그러나 도무탄의 궁리는 길지 않았다. 그가 내심 그런 생각을 하자마자 권혼력이 심장과 폐를 덮으면서 박동을 멈추게 하고 호흡을 끊었다.

[됐습니다.]

도무탄이 전음으로 말하자 독고기상은 그를 살피다가 호흡은 물론이고 심장까지 멈춘 사실을 알고 적잖이 놀랐다.

두 사람이 이 층 막다른 방문 앞에 당도하여 독고기상이 조심스럽게 문에 귀를 대고 실내의 기척을 살피려는데 갑자기 안쪽에서 뭔가 부서지는 소리가 터졌다.

와직!

무영이대주가 창을 뚫고 진입하는 소리가 분명하기에 독고기상은 문을 벌컥 열면서 안으로 뛰어들었고 도무탄은 그 뒤를 바싹 따랐다.

두 사람이 실내로 뛰어들었을 때 창을 부수고 뛰어든 무영이대주는 한쪽 벽을 등지고 의자에 앉아 있는 지공을 향해 덮쳐가면서 어깨의 검을 뽑고 있었다.

창!

독고기상은 실내로 뛰어들자마자 지공 앞쪽 맞은편 벽을 마주 보고 서 있는 소림무승을 향해 쏘아가면서 발검과 동시에 공격했다.

그 소림무승은 의자에 꼿꼿한 자세로 앉혀져 있는 독고지연 앞에 서 있다가 움찔 놀라면서 독고기상을 돌아보았다.

도무탄은 빠르게 실내를 둘러보다가 독고지연을 발견하고 지체하지 않고 곧장 쏘아갔다.

지공은 무영이대주의 급습에 놀라 급히 의자에서 몸을 날리면서 피하고 있으며, 또 한 명의 소림무승, 즉 십팔복호호법의 차석승인 현공은 독고기상이 저돌적으로 짓쳐오자 그역시 놀란 얼굴로 피하고 있었다.

쉬익! 쒜액!

실내에 파공음이 가득한 순간 도무탄은 독고지연에게 달려들었다.

"탄 랑!"

그를 발견한 독고지연은 극도의 반가움에 찢어지는 듯한

비명을 터뜨렸다.

현공이 그녀에게 분근착골수법을 전개하려는 찰나에 창이 부서지고 문이 벌컥 열리면서 뛰어 들어온 두 명의 얼굴을 그녀는 미처 제대로 못 보았다.

설마 그 두 명이 오빠 독고기상과 무영이대주일 줄은 상상조차 하지 못했었다.

그렇지만 도무탄은 보는 즉시 누구라는 것을 알았다. 오매불망 그리워하던 정인이기 때문이다.

그녀는 조금 전까지만 해도 자신이 살아서는 도무탄을 만나지 못할 것이라고 생각했었다.

그래서 죽기 전에 딱 한 번만이라도 그의 모습이 보고 싶다는 생각을 하고 있었다.

"연아."

도무탄은 의자에 앉아 있는 독고지연을 번쩍 안고는 뒤도 돌아보지 않고 부서진 창을 통해 밖으로 쏘아 나갔다.

독고기상과 무영이대주가 싸우고 있는 동안 독고지연을 구해서 탈출하는 것이 그의 임무다.

척!

땅으로 가볍게 내려선 그는 무유장 북쪽 담을 향해 전력으로 달렸다.

독고기상과 무영이대주에 대해서는 별로 염려하지 않았

다. 그들이면 그 방에 있는 소림무승 정도는 어렵지 않게 처리할 수 있을 것이라고 믿었다.

도무탄은 담을 넘어 맞은편 골목 안으로 달려갔고, 담 밖에서 무유장을 지켜보고 있던 무영검수 세 명이 즉시 그 뒤를 따라 골목으로 달려 들어왔다.

도무탄은 골목 안 깊숙이 이르러서야 신형을 멈추고 안고 있는 독고지연을 뜨거운 눈빛으로 굽어보았다.

"연아."

"탄 랑……"

독고지연은 그를 바라보며 펑펑 눈물을 흘렸다.

도무탄은 그녀의 몸을 살펴보면서 물었다.

"무슨 혈도를 제압당한 것이냐?"

"모르겠어요. 처음 보는 수법인데 움직이지 못하지만 말을 할 수 있는 것으로 봐선 마혈인 것 같아요."

도무탄은 독고지연을 안은 상태에서 서둘러 목덜미와 어깨 두 군데 혈도를 눌러서 마혈을 풀려고 했다.

"아아… 너무 아파요……"

그런데 갑자기 독고지연이 몸을 바들바들 떨면서 고통스러운 신음을 흘렸다.

"아무래도 소림무승들이 소림사 특유의 점혈수법을 사용한 것 같습니다."

주위에 둘러서서 그 광경을 지켜보고 있던 무영검수 중에 한 명이 초조한 얼굴로 말했다.

도무탄은 크게 당황해서 어쩔 줄을 몰랐다. 그는 혈도에 대한 지식이 녹상에게 배운 것이 전부다.

그 정도면 여느 무림인 못지않은 수준인데 만약 독고지연이 소림사의 특수한 점혈수법에 제압되었다면 도무탄이 잘못 건드린 바람에 경을 치게 생겼다.

"아아……."

아니나 다를까. 과연 독고지연은 송글송글 비지땀을 흘리면서 몸을 더욱 세차게 떨어댔다.

그녀는 원래 참을성이 강하지만 지금은 도무탄이 이 지경으로 만들어놨기 때문에 그녀가 너무 고통스러워하면 그가 자책감 때문에 당황하고 괴로워할까 봐 죽을힘을 다해서 고통을 견디고 있었다.

"어서 빨리 해혈을 하거나 원상태로 돌려놓지 못한다면 삼소저는 폐인이 되거나 죽을지도 모릅니다."

무영검수들은 크게 당황해서 허둥거렸으며 도무탄은 더욱 당황했다.

"연아, 내 잘못이다……. 아아… 이를 어쩌면 좋으냐……."

"탄 랑… 여보… 아아… 천첩은 당신을 본 것으로 만족해요… 괜찮아요……."

착한 독고지연은 극심한 고통을 당하면서도 도무탄을 위로하느라 애썼다.

"아니다, 연아. 내가 무슨 수를 써서라도 널 구해주겠다."

도무탄은 눈앞이 캄캄해져서 그녀를 안고 어쩔 줄 모르면서도 꼭 구해줄 거라고 큰소리쳤다.

"아아아… 여보… 사랑해요… 꼭 안아주세요…….."

지독하게 고통스러운 나머지 독고지연은 자신이 곧 죽을 것이라고 예감하고 폭풍처럼 눈물을 흘렸다. 그러면서 자신이 잘못되기 전에 사랑한다는 말을 꼭 하고 싶었다.

어두운 골목 안에서 죽어가는 한 여자를 둘러싸고 네 남자가 절망에 빠져 있다.

'그렇지! 권혼력으로 해보자!'

도무탄은 그런 생각이 번뜩 났다. 아니, 사실은 믿을 게 그것뿐이니까 막바지에 권혼력이 생각나는 것은 당연하다. 그에게 권혼력은 만능이다.

그는 독고지연을 안은 상태에서 간절한 심정으로 두 손을 통해서 권혼력을 주입했다.

"하악!"

그런데 독고지연이 갑자기 숨넘어가는 소리를 내면서 기지개를 켜듯이 온몸을 빳빳하게 쭉 뻗었다.

퍽퍽퍽!

그리고 그녀의 몸 안에서 쇠심줄 같은 것이 끊어지는 소리가 연달아 들렸다.

그것은 지공이 전개해 놓은 특수한 점혈을 권혼력이 해혈하는 소리다.

"아아……."

뒤이어서 그녀는 몸이 축 늘어지더니 길게 한숨을 토했다.

"이제 아프지 않아요."

그녀는 고개를 들어 도무탄을 바라보며 눈물 젖은 얼굴로 배시시 미소를 짓다가 자신이 움직였다는 사실을 깨닫고 깜짝 놀랐다.

"아! 혈도가 풀렸어요."

第三十七章

이렇게 죽는구나

그런데 도무탄이 독고지연을 구출하여 한바탕 난리법석을 피우고 있는데도 독고기상과 무영이대주가 아직 무유장에서 나오지 않았다.

　도무탄과 함께 있던 세 명의 무영검수가 어떻게 된 일인지 알아보기 위해서 골목 밖으로 달려나갔다.

　"움직일 수 있겠느냐?"

　도무탄이 조심스럽게 땅에 내려주자 독고지연은 몸을 이리저리 움직여 보고 나서는 환하게 웃었다.

　"오랫동안 마혈이 제압되어 있어서 뻐근하지만 이 정도는 괜찮아요."

그녀는 감격한 얼굴로 도무탄을 바라보았다.

"분근착골을 당할 것이라고 조마조마했던 것이 조금 전이었는데 지금은 이렇게 당신과 함께 서 있다니……."

그녀는 두 팔로 도무탄의 허리를 꼭 끌어안고 하체를 밀착시키며 그의 가슴에 얼굴을 묻었다.

"여보, 당신을 영원히 못 볼 줄 알았는데 탄 랑이 직접 천첩을 구하러 오다니… 설마 이게 꿈은 아니겠지요? 너무 기뻐서 가슴이 터질 것 같아요. 천첩이 지금 만지고 있는 이 몸이 탄 랑이 맞지요?"

"무영검가에서 널 도우러 달려오던 둘째 형님과 둘째 처형을 만났던 것이 운이 좋았다."

"둘째 오라버니와 둘째 언니가 왔어요?"

"그래. 무영이대주를 비롯해서 무영검수 열세 명도 이끌고 왔어라."

"그럼 아까 그 방에 뛰어든 사람이……."

"둘째 형님과 무영이대주다."

"아… 그랬군요."

그녀는 자신이 목숨보다 더 사랑하는 도무탄에게 구출됐다는 사실에 감격을 금치 못했다.

"고마워요, 탄 랑. 죽을 때까지 당신 말에 복종 또 복종하겠어요."

그녀는 두 팔을 도무탄의 목에 감고 까치발을 하여 입맞춤을 하려고 했으나 그의 키가 워낙 커서 여의치가 않았다. 그러자 깡충 뛰어 두 다리로 그의 허리를 감고 매달려서 입맞춤을 했다.

도무탄은 그녀의 둔부를 두 손으로 받쳐 들고 깊은 입맞춤을 했다.

그때 무영검수 한 명이 골목 안으로 달려 들어오다가 그 광경을 보고 당황해서 멈칫했다.

도무탄은 그를 발견하고 입술을 떼고 쳐다보았다.

"어떻게 됐소?"

"장원 안에서 싸움이 벌어졌습니다. 그래서 동료들 모두 장원 안으로 들어갔습니다."

독고지연이 땅으로 내려서더니 도무탄에게 말했다.

"탄 랑은 이곳에서 기다려요. 곧 돌아올게요."

그녀는 지금 눈앞에 있는 도무탄이 약한 무공 때문에 귀식대법과 혼혈을 제압하여 커다란 바위 밑 틈새에 꼭꼭 감춰두었던 그때의 도무탄과 같은 사람이라고 생각한다.

"나도 가겠다."

"탄 랑, 제발……"

도무탄이 자신도 같이 가겠다고 하니까 독고지연은 난색

을 표했다.

그때 무영검수가 의아한 표정으로 말했다.

"삼 소저, 왜 그러십니까? 도 공자는 속하들보다 훨씬 고강합니다."

무영검수는 도무탄을 처음 만났던 만리장성 근처에서 여기까지 수백 리를 오는 동안 도무탄의 경공술이 대단했던 것을 기억하고 있다.

심지어 도무탄은 지친 독고은한의 손을 잡고 이끌어주기까지 했었다.

"삼 소저를 구출해서 나온 분이 도 공자라는 사실을 잊으셨습니까?"

"아……."

독고지연은 방으로 뛰어 들어온 도무탄이 자신을 안고 창밖으로 신형을 날려 장원 밖으로 달렸던 경공술의 속도를 기억해 냈다.

무림에서는 무공의 수준을 가늠하는 척도가 경공술이라고 공공연하게 말하고 있다.

경공술이 뛰어난데 무공은 약한 사람이 거의 없으며, 무공만 고강하고 경공술이 약한 사람도 찾아보기 어렵다.

"탄 랑, 어떻게 된 거예요?"

"네가 날 두고 갔던 그 바위 밑에서 약간의 성취가 있었다.

어서 가자."

독고지연이 의아한 얼굴로 묻자 도무탄은 그녀의 손을 잡고 골목 밖으로 내달렸다.

"권혼력 말인가요? 심득이 있었어요?"

둘이서 나란히 무유장의 담을 넘으면서 그녀가 물었다.

"그래."

두 사람과 한 명의 무영검수가 달려가고 있는 삼십여 장 전방에서 많은 수의 무리가 한데 뒤엉켜서 치열한 싸움을 벌이고 있었다.

그들이 싸우고 있는 바로 옆의 전각 이 층이 얼마 전까지 독고지연이 갇혀 있던 곳이다.

독고기상과 무영이대주는 그 방에서 지공과 현공을 처리하지 못하고 싸움이 바깥으로 이어진 모양이다.

싸움은 어느 쪽이 우세하다고 말할 수 없을 정도로 백중지세를 이루고 있었다.

독고기상과 무영검수는 모두 검을 사용하는데, 십팔복호호법은 십여 명 정도가 검을 사용하고 나머지는 권법을 전개하는 광경이다.

싸움터에서 조금 벗어난 곳에 무영검수 두 명이 피를 흘리면서 쓰러져 있으며 꿈틀거리는 것으로 미루어 죽지는 않은 것 같았다.

반대쪽 뚝 떨어진 곳에는 검에 찔린 소림무승 한 명이 핏물 속에 엎어져 있는데 죽은 듯했다.

타앗—

도무탄은 독고지연의 손을 잡은 상태에서 힘껏 땅을 박차며 속도를 높였다.

그와 독고지연이 갑자기 앞으로 쑥 튀어 나가니까 같이 나란히 달리던 무영검수가 뒤로 처졌다.

슈웃—

모두들 싸우는 데 열중하느라 도무탄과 독고지연이 접근하고 있는 것을 전혀 모르고 있었다.

[연아, 검을 구해주마.]

도무탄은 왼손으로 독고지연의 손을 잡은 상태에서 싸움터로 파고들면서 전음을 보냈다. 그녀가 검이 없기 때문에 검을 사용하는 소림무승 한 명을 공격해서 검을 뺏어 그녀에게 주려는 것이다.

그는 싸움터 바깥쪽에서 무영검수 한 명과 치열하게 접전을 벌이고 있는 소림무승의 오른쪽 뒤쪽으로 유령처럼 접근하며 천쇄의 수법을 발휘하여 오른 주먹을 날렸다.

뿌악!

그의 주먹이 소림무승 오른쪽 옆구리와 등의 경계 부위에 적중되자 괴이한 격타음이 터졌다.

파아아—

그런데 소림무승의 몸뚱이가 산산이 찢어지고 부서져서 내장과 장기, 피를 뿌리면서 허공으로 흩어졌다.

권혼력이 최고조로 집중된 회심의 일권 천쇄가 소림무승의 몸뚱이를 해체한 것이다.

도무탄은 뜻밖의 결과에 가볍게 놀랐으나 그렇다고 전혀 예상하지 못했던 일은 아니라서 곧 정신을 차리고 방금 몸뚱이가 해체된 소림무승이 죽어가면서 내던진 검을 낚아채서 독고지연에게 주었다.

그렇지만 방금 벌어진 일 때문에 장내의 모든 사람이 일제히 싸움을 멈추었다.

소림무승의 몸이 해체되어 사지육신이 수십 조각으로 찢어지고 내장과 장기, 피가 사람들 몸에 소나기처럼 뿌려졌기 때문이다.

독고지연은 도무탄이 건네주는 검을 얼떨결에 받으면서도 방금 본 광경 때문에 정신이 반쯤 나가 있었다.

그녀는 사람의 주먹에 맞아서 산산조각 나는 몸뚱이를 한 번도 본 적이 없었다.

대관절 주먹이 얼마나 강력하면 그 지경이 될 수 있는 것인지 납득이 되지 않았다.

과연 도무탄은 이 싸움에서 그녀가 걱정하지 않아도 될 만

큰 고강한 수준이다.

도무탄이 바위 틈새에서 권혼력에 대한 심득을 얻었다고
해서 어떤 심득을 얼마나 깨우쳤는지 궁금했었는데 자세하게
는 모르겠지만 굉장한 심득이 분명했다.

"연아!"

"삼 소저!"

도무탄과 독고지연을 발견한 독고기상과 무영이대주, 그
리고 무영검수들이 두 사람에게 우르르 달려왔다.

그러면서 소림무승들은 지공 주위로 몰려들어서 자연스럽
게 싸움이 중지되고 두 세력이 서로 마주 보는 자세로 나뉘게
되었다.

"연아, 이제 괜찮은 것이냐?"

"둘째 오라버니, 탄 랑이 혈도를 풀어주었어요."

독고기상은 누이동생이 도무탄 옆에 찰싹 붙어서 그의 팔
을 꼭 붙잡고 있는 모습을 보고, 또 그녀가 방금 '탄 랑'이라
부르는 호칭을 듣고는 도무탄이 지금까지 했던 말들이 모두
사실이었다는 사실을 알게 되었다.

그렇지만 무엇보다 놀란 것은 방금 도무탄이 보여준 굉장
한 실력이다.

"방금 그거 어떻게 한 것인가?"

독고기상이 도무탄에게 물었다. 그는 여태껏 도무탄에게

예의를 갖추었으나 지금은 편하게 말을 놓았다. 그가 매제라는 사실을 인정한다는 뜻이다.

그리고 그가 묻는 것은 방금 전에 도무탄이 소림무승을 분해시켜 버린 것에 대해서다.

도무탄은 겸연쩍게 웃었다.

"소제도 모르겠습니다, 형님. 그냥 한 대 때렸더니 부서져 버리더군요."

그의 말은 독고 남매와 무영검수들에게 대단한 자부심을 불러 일으켰다.

"좀 살살하지 그랬는가. 사람 몸뚱이가 그렇게 부서지니까 내가 보기에도 안쓰럽더군그래."

독고기상은 속으로는 소림무승들을 통째로 갈아 마셔도 분이 풀리지 않으면서 겉으로는 자비를 베푸는 체 한껏 비아냥거렸다.

"소제 딴에는 살살했는데 그리된 것입니다. 그건 소제의 잘못이 아니라 저 땡중들이 너무 허약해서 그런 것 같습니다, 형님."

"탄 랑의 말이 맞아요, 둘째 오라버니. 저것들은 그저 오합지졸일 뿐이에요."

도무탄의 말에 독고지연이 맞장구를 치자 무영검수들이 와아! 하고 웃음을 터뜨렸다.

도무탄과 독고지연이 가세를 한데다가 도무탄이 한주먹에 소림무승 한 명을 산산조각 냈는가 하면, 쟁쟁한 소림사의 십팔복호호법을 오합지졸이라고 비아냥거리자 무영검수들의 사기는 하늘을 찌를 것처럼 드높아졌다.

지공과 현공, 정공 등 십팔복호호법의 세 명의 분장승은 소림무승들의 앞쪽 가운데 모여서 긴장된 표정으로 도무탄을 뚫어지게 주시하고 있다.

도무탄이 독고지연을 구출해서 도주했을 때 지공과 현공은 거의 공황 상태에 빠졌었다.

그런데 설마 그가 다시 돌아올 것이라고는 꿈에서도 상상하지 못했었다.

권혼이 손만 뻗으면 닿을 수 있는 거리까지 다가왔다가 사라지는가 했더니 또다시 나타난 것이다.

그러나 지공 등은 도무탄이 다시 나타난 사실에 무조건 기뻐할 수만은 없었다. 그가 조금 전에 가공한 신위(神威)를 보여주었기 때문이다.

그래서 지공 등은 지금 매우 불안한 한 가지 상상을 조심스럽게 하고 있다.

어쩌면 도무탄이 비단 권혼을 손에 넣었을 뿐만이 아니라 그것을 부활시켜서 자신의 것으로 만들었을지 모른다는 사실이다.

주먹에 한 대 맞은 소림무승의 몸뚱이가 완전히 분해돼 버린 것을 보면 그럴 가능성이 매우 컸다.

만약 그게 사실이라면 지공 등은 오늘 이 자리에서 결코 살아남지 못할 터이다.

"내 한마디 하겠소!"

그때 도무탄이 지공 등을 향해 낭랑한 목소리로 말문을 열었다.

"나는 이미 권혼을 내 것으로 만들었으니 그대 석씨(釋氏)들은 그만 물러가시오."

'석씨'란 출가하여 중이 된 사람을 일컫는 또 다른 호칭이며 조금 얕잡아 부르는 경향이 있다.

그렇지만 지공 등은 그런 것에 신경을 쓸 겨를이 없다. 도무탄이 '이미 권혼을 내 것으로 만들었다'고 호언장담했기 때문에 긴장감이 극도로 고조되었다.

도무탄은 왼팔로 옆에 서 있는 독고지연의 허리를 안아 자신 쪽으로 끌어당긴 후에 다시 말을 이었다.

"부처를 믿는 승려들이 내 아내를 납치하고 심지어 잔인하기 짝이 없는 분근착골수법까지 쓰려했던 것을 생각하면 그대 석씨들을 절대로 용서할 수 없소."

도무탄 좌우와 뒤쪽에 독고 남매와 무영검수들이 모여서 마치 그를 호위하는 듯한 광경을 보이고 있다.

"그것이 과연 불도에 정진하는 자들이 할 소행이오?"

도무탄은 일곱 걸음 앞에 늘어서 있는 지공 등을 준열히 꾸짖었다.

하지만 셋째 정공이 조금 부끄러운 표정을 지었을 뿐 다들 도무탄의 말을 무시했다.

권혼을 회수해야 한다는 목적이 너무도 절실하고 그 표적이 바로 눈앞에 있기 때문에 부끄러워해야 하는 일에 부끄러워하는 것이 사치라고 느껴졌는지도 모른다.

그들은 오로지 자신들의 목적만을 골똘히 생각했다. 그런 것이 바로 정도(正道)나 협의(俠義)를 추구한다고 믿는 자들이 자주 빠지는 모순이다.

도무탄이 마지막 경고를 했다. 그것은 그 자신이 스스로에게 맹세한 일이다. 경고를 해서 물러나지 않는 자는 죽이겠다는 것이 그의 맹세였다.

"그대들이 지금 물러간다면 이 일은 이쯤에서 매듭을 지을 수 있을 것이오."

"도 시주, 권혼을 돌려주시오."

지공이 쓸데없는 말은 이제 그만하라는 듯 준엄한 표정으로 요구하자 도무탄은 손바닥으로 자신의 아랫배, 즉 단전을 덮으며 대꾸했다.

"권혼은 이미 이 속에 들어가 있소."

그러니까 주고 싶어도 줄 수가 없다는 뜻이다. 그 말은 또한 그가 권혼을 이미 자신의 것으로 만들었다는 또 다른 경고이기도 했다.

"꺼내 가겠소."

"그러면 나는 죽을 것이오."

"그것은 애석한 일이지만 어쩔 수 없는 일이오. 빈승들은 그것을 회수해야만 하오."

죽어서라도 회수하겠다는 억지에 도무탄은 화가 치밀었다. 그러나 그보다 더 분노한 사람이 있다.

"너희 소림사가 주장하는 것처럼 삼백 년 전의 천신권은 사람을 너무 많이 죽였기 때문에 어쩔 수 없이 그를 죽여서 권혼을 회수할 수밖에 없었다고 치자!"

도무탄 오른쪽에 서 있는 독고기상이 분노가 담긴 목소리로 쩌렁쩌렁하게 외쳤다.

"그러나 여기에 있는 도무탄은 아직 혈살성도 그 무엇도 아닌데 이 사람을 죽여서까지 권혼을 회수해야만 하는가? 그것이 너희 소림사의 잘난 규칙인가?"

독고기상의 바른 소리에 지공 등은 일순 응대할 말이 없는 표정이다. 무림의 도리로 봤을 때 그의 말이 구구절절 옳기 때문이다.

독고기상은 도무탄의 어깨에 손을 얹었다.

"여기 이 사람이 장차 수많은 선행을 하고 무림사에 길이 남을 대영웅이 될 수도 있는 인재라면, 그래도 그대들은 이 사람을 죽이겠다고 고집하겠는가!"

도무탄은 독고기상의 역성에 가슴이 뻐근해질 정도로 흐뭇함을 느꼈다.

지금껏 도무탄에겐 이런 일이 전혀 없었기 때문이다. 혼인은 하지 않았으나 아내나 다름이 없는 독고지연의 오라버니라는 존재는 도무탄에게 실로 천군만마를 얻은 것 같은 힘을 실어주었다.

독고기상의 꾸짖음을 묵묵히 듣고만 있던 지공은 이윽고 나직하게 불호를 외웠다.

"아미타불… 빈승들에게도 고충이 있음을 이해해 주시오. 빈승들은 사부님의 명에 따를 뿐이오."

도무탄이나 독고기상의 말은 다 옳지만 그래도 자신들의 뜻, 즉 사부의 명이 더 중요하다는 것이다.

도무탄은 결국 싸울 수밖에 없다고 생각하여 권혼력을 있는 대로 끌어 올려 두 손과 두 발에 주입했다.

그런데 그때 문득 이상한 느낌이 들었다. 단전에 뭔가 더 있는데 다 끄집어낼 수 없는 듯한 느낌이다.

그것은 마치 방광에 오줌이 한가득 들어 차 있는데도 불구하고 아무리 애를 써도 절반밖에는 배출할 수 없는 듯한 그런 것이다.

'이것은 혹시 권혼이 단전에서 미처 다 용해되지 않았기 때문인가?'

그렇지만 지금 두 손과 두 발 그리고 온몸에 팽팽하게 들어차 있는 권혼력만으로도 그는 투지가 정수리를 뚫고 하늘로 솟구치고 있는 실정이다.

그러니까 단전의 권혼력이 다 용해되지 않았다고 해도 그다지 신경 쓸 일은 아니다.

그는 싸움이 시작되면 비류행을 발휘하여 전속력으로 덮쳐가면서 천신권격의 삼변 권풍 천신탄을 발휘하여 지공을 죽일 생각이다.

그가 십팔복호호법의 우두머리니까 그를 먼저 죽여서 적의 예봉(銳鋒)을 꺾으려는 의도다.

"아미타불……. 도 시주, 빈승들을 따라서 순순히 소림사로 가준다면 목숨을 버리지 않고서도 권혼을 꺼낼 방도가……."

"이 미친 돌대가리 놈아! 어디 꺼내 가봐라!"

쉬익!

지공이 말하고 있는 도중에 도무탄이 사자처럼 우렁차게 외치면서 지공을 향해 곧장 쏘아가며 오른팔을 뒤로 젖혔다가 힘차게 앞으로 쭉 뻗었다.

맨 앞줄에 서 있던 지공과 현공, 정공 등은 도무탄의 갑작스런 급습에 가볍게 움찔했다.

도무탄이 돌진해 오는 속도가 지독하게 빨라서 찰나지간에 일곱 걸음 거리가 세 걸음으로 좁혀지자 현공이 재빨리 지공 앞을 막아서면서 소림사의 절기 중 하나인 십이금룡수(十二擒龍水)를 전개하여 반격했다.

큐웅!

도무탄이 앞으로 쭉 뻗은 오른 주먹에서 권신탄 특유의 음향이 터졌다.

현공은 왼팔로 도무탄의 주먹을 막는 것과 동시에 오른 주먹으로 그의 상체 세 곳을 순식간에 가격해서 그를 그 자리에서 폭삭 허물어뜨릴 것이라는 계산을 했다.

그런데 도무탄의 주먹에서 짙은 노을빛 광채가 번뜩이며 뿜어지는 것을 발견하고 움찔했다.

'설마……'

퍼… 퍽!

"큭!"

현공은 설마 그것이 권풍일지 모른다는 생각을 머리에 떠올리는 순간 답답한 신음을 터뜨렸다.

왼팔로 막았으나 노을빛 광채는 그의 왼팔을 뚫더니 그다음에는 얼굴 왼쪽 관자놀이로 틀어박혔다.

아니, 그것만이 아니라 관자놀이에 꽂힌 천신탄은 현공의 목 뒤로 튀어나와 뒤에 서 있던 지공의 오른쪽 어깨에 적중되기까지 했다.

"윽!"

현공에 의해서 시야가 가려져 있던 지공은 자신이 대체 무슨 수법에 당했는지도 모르고 오른쪽 어깨에 극심한 충격과 통증을 느끼면서 신음을 토해내며 뒤로 대여섯 걸음이나 마구 밀려났다.

지공 옆에 있던 정공은 밀려나는 지공을 빠르게 뒤쫓다가 그를 부축했다.

"사형!"

천신탄 일권으로 현공을 죽인 도무탄은 권혼에 대한 자신감이 충만해졌다. 그는 기세를 몰아 태풍처럼 소림무승들 한복판으로 뛰어들면서 두 주먹으로 천신권격 일변 천쇄를 전개했다.

천쇄는 이름 그대로 하늘을 부술 정도로 가공하다. 그렇다고 해서 강하기만 하느냐면 절대로 그렇지 않다.

강함에 중점을 두었을 뿐이지 천쇄에는 천하의 그 어떤 뛰어난 권법이라고 해도 추종을 불허할 정도로 개세적인 권법 변화가 담겨 있다.

천쇄에는 극쾌(極快), 초환(超幻), 무영(無影), 강인(罡刃)이라는 네 개의 변화가 차례로 있으며, 현재 도무탄은 극쾌의 중간 정도 수준에 이르러 있다.

삼백여 년 전의 천신권이 괜히 천하무적 영세제일이라는 명성을 얻었겠는가.

도무탄은 비류보를 전개하여 그들 한가운데로 돌진하면서 눈부시게 주먹을 휘둘렀다.

쉬이이······.

소림무승들은 도무탄이 목전으로 쇄도하는 것은 봤지만 그가 휘두르는 주먹은 보지 못했다.

천쇄의 극쾌를 인간의 눈으로 본다는 것은 현실적으로는 불가능한 일이다.

만약 도무탄이 극쾌를 완벽하게 연마한다면 그다음 단계인 초환이 자연적으로 나타날 것이다.

초환은 극쾌의 최고 정점에 자리를 잡고 있기 때문이다. 초환이 정점에 도달하면 자연히 무영이, 그다음에는 강인이 나타난다.

이 네 가지는 천쇄라는 하나의 변화 안에 들어 있는 네 개의 세분(細分)이다.

네 가지 세분이 합쳐져서 천쇄를 이루며 도무탄은 극쾌, 초환, 무영, 강인이라는 존재를 알고는 있지만, 자세한 것은 모르고 있다.

그저 천쇄라는 변화 속에 들어 있는 몇 개의 동작 정도로만 인식하고 있다.

뻑!

"컥!"

가장 가까이에 있던 소림무승 한 명의 머리가 박살 났다. 그는 도무탄이 자신을 향해 돌진해 오는 것은 봤는데 그가 뻗은 주먹을 보지는 못했다.

그리고 도무탄은 머리통이 으깨어져서 피와 뇌수를 쏟으며 기우뚱 쓰러지고 있는 소림무승을 지나쳐서 다음 먹잇감을 향해 짓쳐가고 있다.

그가 적진 한복판으로 뛰어들었다는 것은 먹잇감이 수두룩하다는 장점이 있는 반면에 위험하다는 단점도 있다.

쐐애액!

위이잉!

정확하게 세 자루 검과 하나의 주먹, 그리고 하나의 발길질이 각기 다른 방향에서 그의 전신을 노리고 소나기처럼 쏟아졌다.

그런데 희한하게도 도무탄의 눈에는 그것들이 아주 선명하게 잘 보일 뿐만 아니라 매우 느리기까지 했다.

이유는 간단하다. 소림무승들이 연마한 소림무공보다 상대적으로 월등한 천신권격을 익혔기 때문이고, 또한 권혼력으로 발휘하는 비류보가 지독하게 빠르기 때문이다.

상대보다 월등한 무공을 익힌 사람이 상대보다 더 빠르게 움직이면 그것으로 싸움은 끝이다.

슈우—

퍽!

"끅!"

쩍!

"컥!"

도무탄이 느닷없이 상체를 아래로 쓰러뜨리는 듯하면서 자신에게 쏟아지는 공격을 단번에 모두 피하는 것과 동시에 오른발로 연달아 소림무승 두 명의 옆구리와 사타구니를 걸어찼다.

머리가 아래로, 다리가 위로 가는 자세를 취하려면 보통 손으로 땅을 짚어야 하지만 그는 그러지 않았다. 그냥 머리와 어깨에 땅에 닿을 듯 가까워지기만 했을 뿐 마치 보이지 않는 얇은 베개를 베고 있는 듯한 모습이었다.

옆구리를 걸어채인 소림무승은 완전히 옆으로 몸이 꺾여서 아예 접혀진 상태에서 허공으로 날아갔고, 사타구니를 채인 자는 불알과 음경이 터진 것은 물론이고 엉덩이뼈와 골반이 다 으스러져 몸속에서 수직으로 솟아오르며 내장이 온통 위로 솟구쳐서 양쪽 어깨를 뚫고 뿜어졌다.

'이런 게 싸움이로구나!'

도무탄은 최초에 독고지연과 함께 싸움터에 뛰어들다가 죽인 한 명의 소림무승을 제외하고 이번에 새롭게 싸움이 시작된 이후 현공을 위시해서 세 명을 줄줄이 죽이고는 투지가 불길처럼 치솟았다.

그가 조금 전에 지공을 목표로 삼아서 천신탄을 발출하여 현공을 죽일 때 독고기상과 독고지연을 비롯한 무영검수들이 일제히 공격을 개시했었다.

도무탄은 혼자서 눈 깜빡할 사이에 소림무승 네 명을 죽인 데다 적진 한가운데에서 대략 다섯 명의 발을 묶어놓은 채 싸우고 있는 상황이다.

그러니까 독고지연과 독고기상 등 무영검수 열다섯 명이 소림무승 일곱 명을 상대하는 것은 두 명이 한 명의 소림무승을 상대하는 싸움이니까 땅 짚고 헤엄치기나 다름이 없는 상황이다.

십팔복호호법 열여덟 명의 소림무승은 일상급이고, 독고지연이나 독고기상, 그리고 무영이대주와 무영검수들도 일상급으로 분류되는 수준이다.

하지만 그것은 엄밀하게 따지지 않고 다 뭉뚱그렸기 때문이지, 그것을 세분하면 십팔복호호법의 수석승인 지공과 무영이대주가 비슷한 수준이고, 독고기상과 독고지연이 현공이

나 정공하고 엇비슷한 수준이라고 할 수 있다. 그리고 무영검수들은 십팔복호호법 소림무승들과 비슷하다.

그러므로 이 싸움은 도무탄이 개입하지 않았다면 수적으로 우세한 십팔복호호법이 승리할 가능성이 매우 컸었다.

퓨웅!

그때 한쪽에서 뭔가 번뜩이는 것이 수직으로 밤하늘을 향해 치솟았다.

도무탄이 힐끗 올려다보니까 두 뼘 길이의 길쭉한 물체, 즉 신호탄(信號彈)이 까마득히 높은 야공으로 솟구쳐 오르고 있었다.

'혹시 개방에게 구원을 요청하는 것인가?'

십팔복호호법이 태원성에서 믿을 수 있는 세력은 개방 태원분타뿐이기 때문에 도무탄이 그렇게 생각을 하는 것은 이상한 일이 아니다.

푹!

"크윽!"

그 순간 그는 갑자기 목이 화끈한 것을 느끼면서 답답한 신음을 토했다.

신호탄이 쏘아 오르는 것을 올려다보느라 방심하는 사이에 검에 찔린 것 같았다.

그는 눈동자를 아래로 굴려 자신의 목 앞으로 한 뼘쯤 불쑥

삐져나온 피 묻은 검첨을 굽어보았다.

뒤에서 소림무승이 그의 뒷목에 검을 찌른 것인데 도무탄은 오른 주먹으로 검첨의 뾰족한 끝을 정통으로 때렸다.

어떻게 보면 그것은 주먹으로 자신의 목을 때리는 것 같은 행동이다.

팍!

"으악!"

순간 검이 목 뒤로 화살처럼 뽑히면서 튀어나가서 그의 뒷목을 찔렀던 소림무승의 오른팔을 짓뭉개고서도 힘이 남아서 목을 절반쯤 찢고 지나갔다.

"흐으……."

목 한가운데가 크게 뻥 뚫린 도무탄은 목에서 콸콸 새빨간 피를 쏟으면서 신형을 크게 휘청거리다가 그 자리에 풀썩 쓰러졌다.

"여보! 탄 랑!"

"매제!"

그 광경을 발견한 독고지연이 찢어지는 듯한 비명을 지르면서 달려왔으며, 독고기상도 절규하듯이 외치며 그녀의 뒤를 따랐다.

화악!

그때 지상에서 삼십여 장쯤 높이 밤하늘에서 신호탄이 터지면서 밝은 광채를 사방으로 뿌렸다.

땅바닥에 똑바로 누운 도무탄은 눈꺼풀이 무겁게 감기기 직전에 밤하늘의 광채를 마지막으로 보면서 입속으로 중얼거렸다.

'이렇게 죽는구나…….'

지금 그가 느끼고 있는 것은 세 군데 검에 찔려서 자루에 넣어진 채 차디찬 분수 강바닥으로 가라앉던 그때와 너무도 흡사했다.

第三十八章

흐느끼는 여인들

독고은한과 천화루주 미림, 그리고 천화루 소속 몇 명의 호위무사가 천화루 전문 앞에 모여 서 있다.

태원성 내의 번화가에 분수를 등지고 위치한 천화루 전문 앞에는 대로가 지나고 있는데, 두 여자는 도무탄이 어디로 올지 몰라서 대로 양쪽을 연신 두리번거리고 있다.

독고은한은 도무탄에게 혈이 제압되었다가 반 시진 만에 깨어났다.

하지만 그때는 이미 도무탄과 독고기상 등 무영검수들이 모두 독고지연을 구하러 간 이후였다.

그녀는 도무탄이 어째서 자신의 혼혈을 제압했는지 이유를 짐작할 수 있었다.

독고지연을 구하려면 십팔복호호법과 싸워야 할 일이 발생할지도 모르니까 그녀를 보호하려는 배려였을 것이다.

동생을 구하는 일에 참가하지 못한 것이 못내 아쉽기는 하지만 도무탄의 마음씀씀이를 알 수 있으니 그 정도는 참을 수 있다.

그런데 혼혈을 제압하기 전에 어째서 도무탄이 그녀에게 입맞춤을 했으며 옷속으로 손을 넣어 젖가슴까지 만졌는지는 아무리 생각을 해봐도 이해를 할 수가 없는 일이다.

인시(寅時:새벽 4시경) 무렵. 마침내 천화루에 독고지연과 독고기상 등 무영검사들이 들이닥쳤다.

천화루 앞에서 초조하게 서성이며 기다리고 있던 독고은한과 천화루주 미림은 대로 양쪽이 아니라 대로 건너편 골목 안에서 쏟아져 나오는 한 무리의 사람 속에서 한 사람의 모습을 찾느라 눈길을 이리저리 바쁘게 돌렸다.

두 여자가 찾는 사람은 똑같이 도무탄이다. 미림은 도무탄하고 자주 동침을 했었기 때문에 아내가 지아비를 대하는 마음으로 도무탄을 찾고 있다지만, 독고은한은 동생인 독고지연이 구출되었는지보다도 도무탄이 무사히 돌아왔는지가 더 궁금했다.

"아……."

그 순간 독고은한의 시선은 독고기상이 업고 있는 한 사람에게 쏠렸다.

그는 다름 아닌 도무탄인데 눈을 감고 있으며 목과 상체가 온통 피투성이다.

"어서 방을!"

"여보! 정신 차려요!"

독고기상이 미림에게 부르짖고 그 옆의 독고지연은 도무탄을 보며 창백한 얼굴로 외쳤다.

'설마…….'

도무탄을 발견한 독고은한은 머릿속이 새하얘지면서 온몸의 힘이 빠져 비틀거렸다. 독고지연의 무사한 모습을 봤지만 눈에 들어오지 않았다. 그녀의 눈에는 오로지 피투성이인 도무탄만 보였다.

"이리… 이리 오세요!"

미림은 다 죽어가는 도무탄을 보고 비 오듯이 눈물을 쏟으면서 앞서 달리며 입구에서 제일 가까운 방으로 독고기상을 안내했다.

독고지연은 둘째 언니 독고은한을 얼핏 봤지만 그녀를 아는 체할 마음의 여유가 없었다.

실내의 침상에는 도무탄이 이불을 덮고 누워 있으며, 침상 가에는 독고지연과 독고은한이 의자를 갖다놓고 나란히 앉아 있고 그녀들 옆에 독고기상이 서 있다.

무유장에서 도무탄이 검에 목이 찔려서 쓰러진 즉시 독고 기상이 그의 상처를 제대로 지혈했기 때문에 그때부터 피를 흘리지 않았다.

그리고 천화루에 도착한 이후 호위무사가 이각 만에 의원 을 데리고 와서 치료를 했으며, 현재 의원은 약재를 가지러 잠시 돌아간 상황이다.

그러나 사실 도무탄은 권혼을 녹상으로부터 처음 얻어서 체내에 스며들게 했었던 그날부터 권혼력의 보호를 받고 있 기 때문에 현재 권혼력이 목의 상처를 치료하고 있는 중이다.

그가 무유장에서 검에 목 정중앙을 관통당했을 때에는 즉 사할 정도로 극심한 중상이었다.

이후 이곳에서 의원이 치료를 할 때에는 권혼력의 치료가 어느 정도 진행이 되어서 많이 나아진 상태였다.

지금 도무탄 목에는 깨끗한 천이 둘둘 감겨 있어서 상처가 보이지 않지만 사실은 거의 치료가 끝나가고 있는 중이다.

아까 그가 밤하늘의 신호탄을 올려다봤을 때 세 자루 검이 동시에 그의 몸을 집중 공격했었다.

하지만 몸통을 찌르거나 벤 두 자루 검은 그가 입고 있는 설잠운금의 때문에 옷만 찢고는 퉁겨졌다.

그리고 목을 찌른 한 자루 검만 성공을 했다. 만약 그 검이 목을 찌르지 않고 수평으로 목을 잘랐다면 도무탄은 제아무리 영험한 권혼력을 지니고 있다고 해도 그 자리에서 즉사하고 말았을 것이다.

독고가의 삼 남매는 침통하고도 슬픈 얼굴로 도무탄을 굽어보면서 한마디 말도 하지 않았다.

세 사람의 머릿속에는 아까 의원이 치료를 끝내고 나서 한 말이 뱅뱅 맴돌고 있었다.

'소생할 가능성이 매우 희박합니다.'

권혼력에 의해서 어느 정도 치료가 된 상태인데도 의원이 그렇게 봤다면, 과연 처음 목을 찔렸을 때에는 어느 정도였을지 미루어서 짐작할 수 있을 터이다.

의원의 말을 듣고 세 사람은 도무탄이 이 지경이 된 것이 제각기 자신의 탓이라고 자책했다.

독고지연은 그가 자신을 구하러 왔기 때문에 죽게 생겼다고 생각했으며, 독고기상은 싸움터에서 그를 제대로 보호하지 못한 자신을 탓했고, 독고은한은 그를 따라가지 않고 천화루에서 기다리고만 있었던 자신을 원망했다.

"흑!"

여태까지 줄곧 울다가 잠시 눈물을 그쳤던 독고지연이 또다시 울음을 터뜨렸다.

어쩌면 도무탄이 이대로 영영 깨어나지 못할지도 모른다는 생각을 하니까 겁이 더럭 났다.

처음에 무유장에서 독고지연이 그의 상처를 봤을 때나 아까 의원이 치료할 때 본 상처는 너무 심해서 그가 이대로 죽는다고 해도 하나도 이상할 것 같지 않았다.

독고은한은 드러내 놓고 소리를 내서 울 수 없는 처지이지만 그래도 깊은 슬픔과 걱정을 감출 수 없기에 아까부터 그저 조용히 눈물만 흘리고 있을 뿐이다.

그녀가 우는 것을 독고지연이나 독고기상도 봤지만 충분히 그럴 수 있는 일이라서 신경 쓰지 않았다.

그녀는 도무탄을 만난 지 겨우 하루밖에 지나지 않았지만 이미 정이 흠뻑 들어버렸다.

그 짧은 하루 동안 도무탄과의 사이에서 벌어졌던 여러 가지 일은 마치 그와 몇 년 동안 친숙하게 지냈던 것 같은 착각을 일으키게 할 정도였다.

그리고 처형과 제부의 사이를 떠나서 말로는 쉽사리 설명하기 어려운 미묘하고 복잡한 감정을 독고은한은 많이 느끼고 있었다.

"흐흑… 여보……."

독고지연은 도무탄의 가슴에 엎드리고서 나직이 흐느껴 울었다. 너무 울어서 목이 쉰 것 같고 아기가 경기를 하듯이 흐득흐득 울었다.

독고은한은 이불 밖으로 드러나 자신의 앞에 놓여 있는 도무탄의 손을 가만히 잡았다.

'제발… 죽지 말아요.'

척!

그때 문이 살짝 열리고 긴 치마 차림의 천화루주 미림이 조용히 들어왔다.

창백한 안색의 그녀는 문 밖에서 한참이나 망설이다가 용기를 내서 들어온 것이다.

아까 약재를 가지러 돌아가는 의원에게 물어보기는 했지만 그사이에 도무탄의 상태가 호전되었는지 궁금해서 견딜 수가 없었다.

예전에 도무탄은 열흘이나 보름에 한 번쯤은 꼭 천화루에 들러 술을 마셨으며, 그럴 때면 으레히 미림과 잠자리를 함께 했었다.

기방주 한매선이 주석에 참가할 경우에는 한매선과 미림 두 여자가 같이 도무탄의 잠자리 시중을 들었었다.

두 여자는 열 살 정도 나이 차이가 나서 사부와 제자 같은 관계이지만 도무탄을 모실 때만큼은 마치 두 명의 부인처럼 사이가 좋았었다.

실상 도무탄의 동정을 뗀 장본인이며 그에게 남녀 간의 농밀(濃密)한 육체적 사랑에 대해서 일깨워 주고 또 방중술(房中術)의 높은 경지를 가르쳐 준 사람이 한매선이었다.

그리고 도무탄하고 가장 많이 정사를 나눈 여자가 한매선의 영향을 가장 많이 받은 미림이었다.

그녀는 도무탄이 실제로 함께 살았던 방아미보다 곱절이나 많은 정사를 했으며, 그에 대해서 더 많이 그리고 잘 알고 있었다.

그런 미림이니 생사의 기로에 놓여 있는 도무탄을 대하는 심정이 여기에 있는 두 여자 독고지연이나 독고은한 자매하고는 깊이가 다를 터이다.

하지만 그녀는 일개 루주의 신분이라서 드러내 놓고 도무탄이 자신의 남자라고 말할 수 없는 입장이다.

그녀가 제아무리 도무탄하고 정사를 많이 하고 그에 대해서 속속들이 안다고 해도 모든 면에서 단 한 번 정사를 한 독고지연에는 미치지 못한다.

독고지연은 도무탄이 정식으로 지목한 그의 정실부인이기 때문이다.

미림은 쭈뼛거리면서 침상가로 다가와 누구에게랄 것 없이 조심스럽게 물었다.

"방주께선 어떠신가요?"

그녀는 이 방에 있는 두 여자 중에 한 사람이 도무탄의 부인이라고 추측했다.

애끓는 목소리로 '여보!'라고 외치며 흐느끼는 여자의 오열을 문 밖에서 들었던 것이다.

독고기상이 미림을 힐끗 보더니 천화루주라는 것을 알고 착잡한 얼굴로 대답했다.

"아직 별 차도가 없소."

"으흐흐흑! 방주!"

미림은 독고가의 삼 남매 때문에 침상에 가까이 다가가지도 못하고 한쪽에 오롯이 서서 시체처럼 누워 있는 도무탄을 바라보면서 어깨를 들먹이며 오열했다.

슬픔은 빠르게 전염된다. 미림의 흐느낌은 그렇지 않아도 절망의 늪에 빠져 있던 독고지연과 독고은한을 또다시 깊은 나락으로 끌어내렸다.

도무탄은 무유장에서 검에 목이 찔리고 한 시진 반쯤 지나서 정신이 돌아왔다.

"흐흐흑… 여보… 탄 랑……."

깨어난 그는 자신의 가슴에 엎드려서 서럽게 흐느껴 울고 있는 독고지연의 울음소리를 제일 먼저 들었다.

아직 눈을 뜨지 않았지만 몇 가지 느낌으로 미루어 자신이 침상에 누워 있으며 침상가에 앉은 독고지연이 그의 가슴에 엎드려서 울고 있다고 생각했다.

그는 무유장에서 싸우던 중에 밤하늘의 신호탄을 올려다보다가 검에 목을 찔렸던 기억을 떠올렸다.

그때 그는 밤하늘로 쏘아 오른 신호탄이 터지며 환하게 빛을 발하는 광경을 보면서 그것이 이승에서 보는 마지막 광경이라고 생각했었다.

그런데 죽지 않고 아직 살아 있는 것이다. 아마도 권혼력 덕분일 것이다. 그토록 극심한 중상까지도 치료하다니 정말 대단한 권혼력이다.

그렇지만 치열하게 싸우던 중에 신호탄을 본다고 한눈을 팔다가 검에 목이 찔리다니 있을 수도 없는 일이다.

만약 정말 죽어버렸다면 어쩔 뻔했는가. 이렇게 깨어나서 독고지연을 다시 만나는 일은 물론이고 가족이나 그 모든 사람들도 만나지 못했을 것이다.

개똥밭에서 굴러도 저승보다는 이승이 낫다는 옛말이 있다. 도무탄은 밑바닥에서부터 온갖 고생이란 고생은 다 해봤기 때문에 그 말의 진정한 의미를 잘 알고 있다.

그는 문득 독고지연의 울음소리를 듣고 자신을 위해서 이렇게 울어주는 여자가 있으며 그 여자가 자신의 아내라는 사실에 크게 마음이 움직였다.

　문득 그는 누군가 자신의 손을 꼭 잡고 있는 것을 느끼고 그것이 독고지연의 손일 것이라 생각했다.

　그래서 그녀에게 자신이 죽지 않았다는 사실을 알리기 위해서, 그리고 약간의 장난기가 발동하여 슬며시 그녀의 손을 놓고 아래쪽으로 손을 내렸다.

　독고은한은 움찔 놀랐다. 울음소리를 내지 않고 눈물을 흘리고 있던 그녀는 순간적으로 자신이 잡고 있던 도무탄의 손을 놓쳐서 무릎으로 떨어뜨린 것이라고 착각을 했다.

　그런데 그때 도무탄의 손이 저절로 움직이며 그녀의 무릎에서 스르르 허벅지로 올라가는 것이 아닌가.

　"……!"

　그녀는 소스라치게 놀라서 급히 아래를 내려다보았다. 그런데 이건 절대로 착각 같은 게 아니다. 실제 도무탄의 커다란 손이 그녀의 허벅지를 쓰다듬더니 곧 슬그머니 사타구니로 옮겨가서 은밀한 부위를 만지작거리기 시작했다.

　그 순간 그녀의 머릿속을 가득 채운 생각은 도무탄이 살아났다는 사실이다.

　그러나 그때 독고은한은 오른쪽 옆에 서 있는 오라비 독고기상이 자신을 힐끗 굽어보는 것을 느끼고 얼른 상체를 앞으로 굽혀서 도무탄의 손을 가렸다.

독고은한은 도무탄이 살아났다는 기쁨과 그의 손이 자신의 은밀한 곳을 만지고 있다는 놀라움이 교차하여 그 순간에는 정신을 수습하기가 어려웠다.

그녀는 크게 당황했으나 그런 상황에서도 자신이 허둥거리면 독고기상이 눈치를 챌 것이라는 생각이 먼저 들었다. 그 와중에도 도무탄을 보호해야 한다고 생각한 것이다. 처형의 그곳을 만지는 이런 파렴치한 제부를 말이다. 정말이지 누구도 흉내 내기 어려운 배려심이다.

그녀는 허둥거리지 않고 상체를 완전히 숙여서 도무탄의 배에 이마를 붙인 자세에서 그의 손을 은밀한 부위에서 치우려고 손에 힘을 주었다.

그런데 도무탄은 뭔가 이상하다는 생각이 들었다. 자신이 그녀의 옥문을 만지고 있는데도 독고지연이 여전히 가슴에 엎드려서 아무런 반응도 보이지 않으면서 나직이 흐느껴 울고만 있었기 때문이다.

그녀는 아무것도 모르고 있는 것이 분명했다. 그렇다면 지금 그의 손이 만지고 있는 은밀한 부위의 주인은 대관절 누구라는 말인가.

그때 그의 손을 잡고 있는 작은 손이 손등을 가볍게 꼬집는 순간 그는 그녀가 누군지 깨달았다.

'처형!'

당황한 그는 손을 슬그머니 거두어 그 옆, 그러니까 가까운 쪽에 앉은 독고지연의 허벅지에 올려놓았다.

순간 흐느껴 울던 독고지연의 울음이 뚝 그쳤다. 그리고는 그의 가슴에 엎드린 채 고개만 돌려 눈을 동그랗게 뜨고 그의 얼굴을 바라보았다.

그런데 도무탄은 얼굴에 아무런 변화가 없다. 여전히 두 눈은 굳게 감겨져 있다.

[걱정했느냐?]

그때 그녀의 귓전을 울리는 귀에 익은 목소리가 들려왔다. 도무탄의 전음이다.

[그럼요… 그걸 말이라고 해요?]

독고지연은 방금 전까지는 절망의 눈물을 흘렸으나 이번에는 기쁨의 눈물을 펑펑 흘리면서 그녀 역시 전음으로 대답했다.

독고은한은 상체를 약간 들면서 독고지연의 허벅지를 굽어보았다.

아니, 그쪽으로 간 도무탄의 손을 보았다. 그 손이 독고지연의 은밀한 부위를 만지고 있는 것을 발견했다.

'나쁜…….'

독고은한의 아미가 저절로 상큼 치켜 올랐다. 방금 전에는 그녀 것을 만지던 손으로 이제는 동생의 것을 만지다니, 어떻게 저럴 수가 있다는 말인가.

"여보… 사랑해요……."

독고지연이 솟구치는 기쁨을 더 이상 참지 못하고 도무탄에게 입맞춤을 하면서 속삭이자 독고기상은 깜짝 놀랐다.

"연아……."

독고지연은 입술로 도무탄의 입술을 부비면서 기쁜 목소리로 말했다.

"탄 랑이 살아났어요. 이젠 됐어요……."

동이 트기 직전인 이른 새벽에 천화루에서 가장 큰 방에 많은 사람이 모여 있다.

몇 개의 탁자가 놓여 있으며 그곳에 도무탄과 독고지연 등 삼 남매, 그리고 무영이대주와 무영검수들이 둘러앉아서 이른 아침 식사를 하고 있다.

"하하하! 대승일세. 소림사 십팔복호호법은 십팔 명 중에 십오 명이 죽었고 세 명이 간신히 살아서 도망쳤네."

독고기상은 유쾌하게 웃으며 큰 소리로 의기양양하게 말했다. 모두에게 말하는 것 같지만 실상 도무탄에게 그 싸움의 결과를 알려주는 것이다.

도무탄 왼쪽에는 독고지연이 앉았고 오른쪽에는 독고기상이 앉았다.

그리고 맞은편에 독고은한이 앉아서 약간 고개를 숙인 채 젓가락으로 요리를 뒤적이고 있다.

그녀는 식사를 하는 것 같지 않고 뭔가 골똘하게 생각하고 있는 듯한 모습이다.

독고기상이 그녀더러 도무탄 옆에 앉으라고 했는데도 그녀가 마다하고 맞은편에 앉은 것이다.

다 죽어가던 도무탄이 살아난 것은 천만다행한 일이지만, 독고은한으로서는 아까 있었던 그 일에 대한 앙금을 없애 버리는 것이 쉽지 않았다.

"정말 신기해요. 어쩌면 이렇게 말짱할 수가 있는 거죠?"

옆에 찰싹 달라붙어 앉아 있는 독고지연은 도무탄의 목을 살펴본 지 열 호흡이 지나기도 전에 또 그의 목을 살펴보면서 만지작거렸다.

"이게 권혼의 능력이라니 정말 신기해요."

"연아, 밥 안 먹느냐?"

"천첩은 이렇게 탄 랑만 바라보고 또 만지고 있으면 배가 저절로 불러요."

도무탄이 빙그레 미소 지으며 묻자 독고지연은 그의 밥그릇에 맛있는 요리를 얹어주면서 행복이 퐁퐁 샘솟는 것 같은 환한 미소를 지었다.

독고기상은 그런 모습을 흐뭇한 미소를 지으며 바라보았다. 그가 지금까지 겪어본 도무탄은 어디 한 군데 나무랄 데 없는 최상의 청년이다.

독고지연의 입을 통해서 도무탄이 그녀의 남편이라는 사실을 확인하기 전에도 독고기상은 같은 남자로서 도무탄이 무척 마음에 들었었다.

그런데 이제 그가 막내 누이동생의 남편이라는 사실이 확인되고 두 사람이 저렇게도 금슬이 좋으니 뭐라 형언하기 어려울 만큼 믿음직스럽고 기특했다.

대략 세상의 오빠들이란 매제에 대해서는 무조건 좋지 않게 보려는 선입견이 있게 마련인데, 독고기상은 그런 것들이 말끔하게 사라졌다.

무영이대주를 비롯하여 무영검수들도 다들 도무탄이 마음에 쏙 드는 표정이다.

하긴 그들은 타호하 하류 만리장성 근처에서 도무탄을 만난 이후 태원성까지 줄곧 같이 달려왔으며, 십팔복호호법하고 생사를 건 싸움도 함께 치렀으니 그를 보는 눈이 남다를 수밖에 없다.

사내들 세계에서 전우애(戰友愛)라는 것은 매우 특별한 의미가 있기 때문이다.

"둘째 언니, 우리 탄 랑 어때?"

행복에 겨운 독고지연은 맞은편의 독고은한을 바라보면서 기대 어린 표정으로 물었다.

"응? 아… 괜찮아."

독고은한은 도무탄을 쳐다보지도 않고 건성으로 대충 대답했다.

지금 그녀는 진심일 수 없는 기분이다. 질투 같은 것은 아닌데 그냥 도무탄이 얄미웠다.

아니, 어쩌면 질투를 느끼고 있는지도 모른다. 그러면서 질투를 느끼는 자신의 마음을 책망하기도 하는 여러모로 복잡한 기분에 빠진 것 같았다.

독고은한에게서 기대하는 대답이 나오지 않자 독고지연은 실망한 표정을 지었다.

"탄 랑이 둘째 언니 마음에 들지 않는 모양이지?"

"그래."

독고은한은 또 건성으로 대답했다.

"그렇구나."

독고지연은 가족 중에서 자신이 가장 좋아하는 둘째 언니의 뜻밖의 대답에 충격을 받고 기운이 쭉 빠졌다.

그렇지만 도무탄과 독고은한이 지금까지 누가 보면 오해를 할 정도로 사이좋게 지내는 것을 봐왔던 독고기상으로서는 그런 독고은한이 이상했다.

"한아, 정말 매제가 싫으냐?"

"무슨 말이에요?"

독고은한은 깜짝 놀라 고개를 들었다.

"조금 전에 말한 것처럼 정말 매제가 마음에 들지 않느냐고 물었다."

"제… 제가 그렇게 말했어요?"

"그래."

독고은한은 얼굴이 하얘져서 두 손을 마구 저었다.

"아니에요. 그럴 리가 있겠어요?"

그런데 그녀가 두 손을 휘젓는 바람에 쥐고 있던 젓가락 하나가 곧장 도무탄의 얼굴을 향해 쏘아가는 것을 독고지연이 가볍게 잡고는 그녀를 냉정하게 쳐다보았다.

"둘째 언니, 탄 랑이 싫으면 싫은 거지 이렇게까지 할 건 없잖아."

"아… 아냐. 연아……."

하필 젓가락이 도무탄의 얼굴로 그것도 마치 암기를 쏘아낸 것처럼 쏘아가다니 독고은한으로서는 이렇게 된 이상 변명의 여지가 없는 상황이 돼버렸다.

갑자기 자매 사이에 차디찬 냉기류와 침묵이 흘렀다. 독고은한은 지금 같은 상황에 도무탄이 도움을 주기를 원했으나 그는 잠자코 식사만 했다.

천성적으로 마음이 여린 독고은한은 눈물이 솟구쳤으나 한 번 마음이 상한 독고지연은 그걸 보고도 냉담했다. 독고지연은 도무탄을 조금이라도 싫어하는 사람은 죄다 원수로 삼을 기세다.

"처형."

그때 도무탄이 조용한 목소리로 독고은한을 불렀다.

"네."

독고은한은 그가 무슨 도움이라도 주려나 싶어서 잔뜩 기대하는 표정을 지었다.

도무탄은 씁쓸한 표정을 지었다.

"저 그렇게 나쁜 놈 아니니까 너무 미워하지 마십시오."

"……."

독고은한은 하도 기가 막히고 억장이 무너지는 것 같아서 어금니를 꽉 깨물었다.

그녀는 자신을 오해하는 동생보다 다 알면서 옆에서 깐죽거리는 도무탄이 더 미웠다.

"그런데 형님."

그때 도무탄이 생각난 듯이 독고기상에게 말했다.

"그때 무유장에서 소림무승들이 신호탄을 쏘아 올렸었는데 소제 생각에는 개방 태원분타에게 구원을 요청한 것 같았습니다만. 개방 사람들이 그곳에 왔었습니까?"

"개방이라고 그랬나?"

"그렇습니다."

독고기상은 미처 거기까지는 생각하지 못했었다가 뭔가 짚이는 게 있는 듯 움찔했다.

"그렇군. 소림사는 무림의 맹주(盟主)를 자처하고 있으니까 개방이 소림사를 돕는 것은 당연하지."

옆 탁자에 앉은 무영이대주가 심각한 얼굴로 말했다.

"그렇다면 개방 태원분타가 무유장에서 일어난 일을 개방 본타나 소림사에 버합전서로 알렸을 것이오."

도무탄이 가볍게 손을 저었다.

"가까운 거리의 전서구는 이따금 밤에 날리기도 하지만 장거리는 아침에 날리는 것이 원칙입니다. 밤에는 올빼미나 부엉이, 매 등이 전서구를 사냥하기 때문입니다. 그러니까 개방 태원분타는 아직 어느 곳에도 전서구를 날리지 않았을 겁니다."

그는 진지한 표정으로 독고기상에게 물었다.

"소제는 무림의 일은 잘 모릅니다만, 형님. 무영검가가 십 팔복호호법 소림무승들을 죽인 것 때문에 별다른 문제는 없겠습니까?"

사실 독고기상과 무영이대주는 그것 때문에 내심으로 몹

시 힘들어 하고 있었다.

사건의 발단은 소림사다. 그들이 먼저 독고지연을 제압하고 납치하는 손가락질받을 짓을 저질렀다.

하지만 그것에는 명분이 있었다. 무림의 평화와 안녕을 위해서 권혼을 회수하려면 부득이하게 그럴 수밖에 없었다는 뚜렷한 명분이다.

도무탄과 독고기상 등은 소림무승을 열다섯 명이나 죽였다. 독고지연을 구하려다가 벌어진 불상사였지만 그것은 무림평화를 위한다는 소림사에 비해서 설득력이 너무 빈약하다.

무영검가는 비록 무림오가의 한 가문이지만 소림사에 비하면 명성이나 영향력, 세력, 무림의 지지도 등 모든 면에서 상대적으로 열세다.

만약 소림사가 이번 일을 문제 삼는다면, 아니, 반드시 문제로 삼을 것이다. 그러면 무영검가로서는 대처할 길 없이 궁지에 몰릴 수밖에 없다.

도무탄이 싸움을 그만하자면서 물러가라고 말했으나 십팔복호호법의 수석승인 지공은 완강하게 거절했었다.

그 결과 그들은 지리멸렬 하고 지공과 정공, 그리고 또 한 명의 소림무승만이 간신히 살아서 도주했다.

그것은 명백한 자업자득이었지만 무림의 법을 만들고 또

그것을 집행하는 것은 소림사다.

칼자루는 그들이 쥐고 있으며 무영검가는 칼날 위에 서 있는 것이다.

도무탄은 자신의 물음에 독고기상은 물론 아무도 대답을 하지 않는 것을 보고 자신이 생각했던 것보다 문제가 훨씬 심각하다는 사실을 깨달았다.

"잘 알겠습니다."

그는 이 문제는 일단 이쯤에서 덮어두는 것이 좋겠다고 생각했다.

나중에 독고지연에게 따로 조용히 물어보면 자세히 설명해 줄 것이다. 무림에서 소림사가 어떤 존재이고, 이번 일로 인해서 무영검가가 어떤 피해나 압박을 받을 것인지에 대해서 말이다. 그런 얘기를 다 듣고 나서 해결책을 궁리해 보기로 했다.

도무탄은 화제를 바꾸었다.

"소제는 우리 쪽에 부상자가 두 명 있는 것을 봤었는데 어찌 됐습니까?"

"중상이오."

무영이대주가 침통한 얼굴로 대답했다. 그는 이번에 무영이검대 백 명 중에서 최고 수준의 무영검수 열두 명을 엄선해서 이곳에 데리고 왔었다.

그는 수하들을 친동생처럼 아끼는데 두 명의 수하가 중상을 입었기에 마음이 매우 무거웠다.

"어디에 있습니까? 가봅시다."

도무탄이 벌떡 일어나 먼저 문으로 향하자 독고지연이 급히 뒤따랐다.

무영이대주는 독고기상을 쳐다보며 어째야 하는지 의향을 물었다.

독고기상이라고 도무탄이 무엇 때문에 저러는지 이유를 알겠는가. 그는 자리에서 일어서며 고개를 끄떡였다.

"가봅시다."

어느 방 실내에서는 아까 도무탄을 치료했었던 태원성의 의원이 중상을 입은 두 명의 무영검수를 치료하느라 비지땀을 흘리고 있었다.

두 명의 무영검수는 각기 다른 침상에 상체가 벌거벗겨진 모습으로 누워 있었다.

한 명은 가슴을 깊이 찔려서 장기가 크게 손상되었고, 또 한 명은 복부가 갈라져서 내장을 크게 다쳤다.

둘 다 상처가 깊어서 지금은 혼절한 상태이며 무유장에서 방치하고 있는 동안 피를 너무 많이 흘렸다.

그러나 설혹 그 당시에 지혈을 제때 했더라도 치료하기에는 상처가 심각했었다.

누가 보더라도 두 명의 무영검수는 회생하기 어려울 것 같은데도 의원은 침을 놓느라 도무탄 등이 들어서는 것도 모르고 있었다.

"무얼 하고 있는 것이오?"

"앗!"

도무탄의 물음에 의원은 깜짝 놀라 뒤돌아보았다.

사실 약재를 가지러 갔다가 돌아온 의원은 도무탄이 멀쩡하게 살아나서 밥을 먹고 있다는 말을 듣고는 절대 그럴 리가 없다면서 그 말을 믿지 않았었다.

도무탄의 상태는 지금 여기에 누워 있는 두 명의 무영검수보다 더 심각한 상태였기 때문이다.

그런데 지금 도무탄이 제 발로 버젓이 걸어 다니는 모습을 본 의원은 기함을 할 정도로 혼비백산했다.

"바… 방주, 정말 괜찮으십니까?"

"나는 괜찮소. 그런데 이들에게 이런 식으로 침을 놓으면 살릴 수 있겠소?"

의원은 암담한 표정으로 고개를 가로저었다.

"불가능합니다."

"그런데 어째서……."

"천화루주께서 무슨 일이 있어도 이들을 살려내라고 성화를 하시는 바람에 방법이 없는데도 불구하고 어쩔 수 없이 이러고 있는 겁니다."

말인즉, 천화루주 미림이 중상을 입은 두 명의 무영검수를 무슨 일이 있어도 살려내라고 호통을 쳤다는 것이다.

도무탄을 따라 들어온 독고지연 등 삼 남매와 무영이대주는 미림의 그러한 간곡한 마음씨에 적이 감동을 받았다.

"그만 돌아가시오."

도무탄은 의원에게 고개를 끄떡여보였다.

의원은 화들짝 놀랐다.

"방주."

"미림에겐 내가 말하겠소."

"감사합니다."

의원은 죄를 사함 받은 것처럼 코가 바닥에 닿을 정도로 허리를 굽히고 총총히 방을 나갔다.

독고씨 삼 남매와 무영이대주는 아무도 입을 열지 않고 도무탄을 주시했다.

다 죽어가던 그가 거뜬히 살아난 것이 권혼의 능력이었다는 사실을 알고 있기에, 어쩌면 지금 이 시점에서 그가 무언가 기적을 보여줄지도 모른다는 생각을 하고 있었다.

"연아, 둘 중에 누가 더 위중한지 봐다오."

도무탄이 독고지연에게 말했으나 독고기상과 무영이대주

가 더 빠르게 움직여 각자 무영검수를 한 명씩 자세히 살펴보았다.

"이쪽이오."

무영이대주는 복부가 갈라진 무영검수 침상 옆에서 심각한 표정으로 그를 가리켰다.

그 무영검수의 얼굴은 푸르스름해서 이미 죽음의 그림자가 짙게 드리워져 있었다.

도무탄이 빠르게 다가오자 무영이대주는 옆으로 비켜 자리를 내주었다.

"상처의 천을……."

도무탄이 무영검수 복부의 상처를 가리키면서 말을 하려는데 독고지연이 이미 말뜻을 알아차리고 복부에 붙여놓은 흰 천을 조심스럽게 떼어냈다.

천을 떼어내자 끔찍한 몰골의 상처가 고스란히 드러났다. 왼쪽 옆구리에서 오른쪽 옆구리까지 한 뼘 반 이상의 길이로 완전히 갈라졌다.

천을 떼기 무섭게 내장이 꾸물꾸물 밀려 나오자 도무탄이 급히 두 손으로 내장을 복부 안으로 쓸어 담고서 손바닥을 활짝 펼쳐서 복부 전체를 덮었다.

그 광경을 보며 독고씨 삼 남매와 무영이대주는 착잡한 표정을 지었다.

그러면서 이 정도로 극심한 상처를 과연 도무탄이 치료할 수 있을지 의문이 들었다.

독고은한은 도무탄 뒤에 서 있는데 키가 큰 그가 무영검수의 복부에 두 손바닥을 밀착시키느라 허리를 잔뜩 구부리고 있는 모습을 보고 가까운 곳에서 의자를 가져와서 그의 뒤쪽에 놓아주었다.

그러나 그가 알아차리지 못하자 그녀는 그의 상의 옷자락을 가볍게 톡톡 잡아당겼다.

도무탄은 뒤돌아보고는 독고은한과 눈이 마주쳤다.

[앉아요.]

독고은한은 눈을 내리깔며 의자를 가리켰다.

도무탄은 미소를 지으며 의자에 앉았다.

[과연 최고의 처형이오.]

독고은한은 너스레를 떠는 그를 하얗게 흘겼다. 그러면서 꽁 했던 마음이 스르르 풀어지는 것을 느꼈다.

도무탄은 무영검수의 복부 상처를 덮고 있는 두 손에 권혼력을 최고조로 끌어올렸다.

스우우…….

그러자 그의 두 손이 처음에는 투명하게 빛나더니 곧 짙은 노을빛으로 물들었다. 권풍 천신탄이 발출될 때의 그런 노을빛이다.

"오……."

누구의 입에서 나직한 탄성이 흘러나왔다.

독고지연과 독고기상, 무영이대주는 도무탄의 좌우에서 그가 치료하는 광경을 긴장된 표정으로 지켜보았다.

독고은한은 그 광경을 꼭 보고 싶은데 도무탄 뒤에 있기 때문에 볼 수가 없자 앉아 있는 그의 어깨 너머로 보려고 바싹 다가섰다.

몸의 앞면, 아니, 젖가슴이 그의 널찍한 등과 어깨에 닿자 그녀는 멈칫했다.

이렇게까지 무리해서 치료하는 광경을 꼭 봐야 하는 것은 아니지만 그녀는 살며시 몸을 그의 등에 밀착시켰다.

후우우…….

도무탄의 두 손바닥에서 흘러나온 짙은 노을빛 광채가 무영검수 복부 전체를 물들이면서 깊은 계곡에 바람이 부는 것 같은 소리가 났다.

그의 커다란 두 손바닥이 상처를 온통 덮고 있어서 과연 그 아래에서 무슨 일이 벌어지고 있는지 알 수가 없지만 네 사람은 숨도 쉬지 않고 지켜보았다.

도무탄은 지난번 녹상의 상처와 흉터들을 치료하고 없앴을 때보다 권혼력이 최소한 세 배 이상 더 강력해졌다는 사실을 느꼈다. 권혼력이 두 손을 통해서 파도처럼 콸콸 쏟아져 나갔다.

슥—

이윽고 도무탄이 복부에서 두 손을 떼고 상체를 폈다.

"됐습니다."

독고지연을 비롯한 네 사람의 시선이 일제히 복부의 상처로 집중될 때 도무탄은 일어나서 다른 무영검수가 누워 있는 침상으로 걸어갔다.

독고은한은 급히 의자를 들고 그를 쫓아가서 침상가에 의자를 놔주고 나서 누워 있는 무영검수의 가슴에 덮여 있는 천을 떼어주었다.

도무탄은 떼어낸 천을 들고 서 있는 그녀를 보면서 빙그레 미소 지으며 전음을 했다.

[나는 처형 없으면 못 살 것 같습니다.]

독고은한은 얼굴을 붉히며 곱게 흘겼다.

[아까는 소녀에게 그렇게 면박을 주더니…….]

도무탄은 의자에 앉아 무영검수 가슴의 상처에 오른손 손바닥을 밀착시켰다.

[하하! 미안합니다. 아까 내가 실수를 해서 처형이 화가 많이 난 줄 알았습니다.]

독고은한은 그가 무슨 말을 하는 것인지 알아차리고 부끄러워서 귀뿌리까지 새빨개졌다.

그의 실수라는 것은 그녀를 독고지연이라 착각하고 옥문

을 더듬었던 일을 말하는 것이다.

복부가 갈라졌던 무영검수를 살펴보는 독고지연과 독고기상, 무영이대주는 스스로의 눈을 의심하는 듯한 표정을 짓고 있었다.

분명히 이쪽 옆구리에서 반대쪽 옆구리까지 한 뼘 반 정도 가로로 길게 갈라져서 내장이 쏟아져 나왔던 그 큰 상처가 지금은 감쪽같이 사라졌다.

흉터나 뭐 그런 것이 남아 있는 게 아니라 아예 흔적조차도 남아 있지 않았다.

"이게 바로 권혼의 힘인가? 굉장하군."

독고기상이 침묵을 깨며 중얼거리는 소리를 들으면서 무영이대주는 무영검수의 손목 맥을 짚어보더니 혀를 내두르며 감탄을 금치 못했다.

"맙소사… 완벽하게 치료되었소. 어떻게 이런 일이 가능한 것인지 모르겠소."

그때 무영검수가 눈을 뜨더니 독고기상 등을 발견하고 깜짝 놀라 상체를 벌떡 일으켰다.

"앗!"

무영검수는 조금 전까지만 해도 자신이 죽음의 문턱을 넘었다는 사실을 전혀 모르는 듯 급히 침상에서 내려와 허둥거리며 예를 취하느라 분주했다.

"속하. 이 공자, 삼 소저, 이 대주를 뵈옵니다."

무영이대주는 그를 일으키며 미소 지었다.

"여행은 잘하고 왔느냐?"

"네? 무슨 여행을……."

"하하하! 저승여행 말이다!"

무영이대주는 무영검수의 어깨를 두드리며 유쾌한 웃음을
터뜨렸다.

독고기상은 무영이대주를 십여 년 넘게 봐왔지만 이처럼
유쾌하게 웃는 모습을 처음 보았다.

무영이대주는 생사를 포기했던 수하의 소생에 진심으로
기뻐하고 있었다.

독고지연이 급히 도무탄에게 가보려는데 이미 그는 치료
를 끝내고 독고은한과 함께 이쪽으로 걸어오고 있었다.

"형님, 이 대주. 끝났습니다."

독고지연과 독고기상, 무영이대주가 쳐다보니까 두 번째
무영검수가 어리둥절한 표정으로 눈을 껌뻑이며 부스스 상체
를 일으키고 있었다.

그 무영검수 역시 가슴을 찔렸던 깊은 상처가 씻은 듯이 사
라진 모습이다.

第三十九章

낙양행(洛陽行)

무영검수들은 휴식을 취하게 하고 어느 방에 도무탄과 독고씨 삼 남매, 그리고 무영이대주가 모여 있다.

개방 태원분타를 어떻게 할 것인가 하는 문제를 놓고 심사숙고하는 중이다.

날이 밝으려면 반 시진하고도 일각쯤 남았다. 그때가 되면 개방 태원분타는 소림사와 개방 본타로 전서구를 날려서 지난밤에 있었던 일을 알릴 것이다.

"매제, 개방 태원분타의 규모는 어느 정도인가?"

독고기상이 진중한 표정으로 도무탄에게 물었다.

"이십 명쯤 됩니다."

도무탄은 대답을 하고 나서 궁금한 표정을 지었다.

"형님, 지난밤에 우리가 무유장을 떠나기 전에 개방의 거지들이 그곳에 도착했었습니까?"

독고기상은 고개를 가로저었다.

"우리가 무유장을 떠날 때까지 개방 사람들은 아무도 보이지 않았었네."

"주변을 자세히 살폈습니까?"

"아닐세. 소림무승들이 신호탄을 발사했기 때문에 어떤 자들이 도우러 올지 모른다는 생각에 오히려 서둘러서 그 자리를 피했네."

독고기상은 착잡한 표정을 지었다.

"소림무승들이 개방 태원분타에 구원을 요청한 것인 줄 알았더라면 좀 더 주변을 세밀히 살피는 건데……."

도무탄은 신호탄을 보고 그것을 짐작했으나 독고기상 등에게 그 사실을 말해주기도 전에 검에 목을 찔리는 바람에 죽다가 살아났다.

독고기상은 잠시 주먹을 쥐었다 폈다 반복하다가 이윽고 주먹으로 자신의 무릎을 쳤다.

"개방 태원분타를 쓸어버려야겠습니다."

그 말은 무영이대주에게 한 것이다. 이 무리의 실질적인 지휘자가 무영이대주이기 때문이다.

무영이대주가 대답하지 않고 생각에 잠겨 있자 독고기상은 강하게 자기주장을 폈다.

"발본색원(拔本塞源)하는 겁니다. 그들이 전서구를 날리고 나면 어떻게 손을 쓰려야 쓸 수도 없습니다."

"좋지 않소."

무영이대주는 심각한 얼굴로 고개를 가로저었다.

"어째서 좋지 않다는 것입니까?"

"우리가 십팔복호호법과 싸워서 열다섯 명이나 죽인 일을 개방 태원분타가 알고 있다면, 그래서 우리가 개방 태원분타를 전멸시키면 그 광경을 또 다른 누군가 보지 않을 것이라고 어떻게 장담하오?"

독고기상은 흠칫했다.

"그러면 또 다른 누군가가 누군지 밝혀내서 또 죽여야 하는 것이오?"

"음."

무영이대주의 예리한 분석에 독고기상은 말문이 막혔다.

도무탄 왼쪽에 앉은 독고지연이 탁자 아래에서 도무탄의 손을 만지작거리며 심각한 얼굴로 끼어들었다.

"그것만이 아니에요. 개방 태원분타를 전멸시킨다고 해도 도주한 지공과 두 명의 소림무승은 어떻게 하죠? 그들이 소림사로 돌아가면 헛수고예요."

"추격해서 죽여야지."

독고기상은 자신 없는 표정으로 말했다.

그리고 그의 말이 무의미하다는 것을 알기에 아무도 거기에 대해서 반응을 보이지 않았다.

도무탄은 이 모든 일의 원인을 제공한 사람이 자신이라고 생각하기에 마음이 무거웠다.

그가 권혼을 수중에 넣었기 때문에, 그리고 독고지연과 부부의 인연을 맺었기에 무영검가를 이런 구렁텅이로 끌어들인 것이다.

그러므로 이 일은 무슨 일이 있어도 무영검가에 피해를 주지 말고 그가 나서서 해결해야만 한다.

"소제의 생각을 말씀드리겠습니다."

그가 차분한 목소리로 말문을 열자 모두 긴장된 얼굴로 그를 주시했다.

지금까지 그가 말하는 것은 항상 결론이 되었고 실행으로 이어졌었기 때문이다.

"개방 태원분타는 그냥 놔두는 게 좋을 것 같습니다."

"이유가 뭔가?"

독고기상이 진중하게 물었다.

"소제는 무림에 대해서 잘 알지는 못합니다만 개방의 세력이 꽤 크다고 들었습니다."

태원성에서는 개방 태원분타가 가장 막강한 영향력을 휘두르고 있었다.

해룡방은 돈이 많고 관부는 태원성을 통치하지만 아무도 개방 태원분타를 건드리거나 거스르지 못했다. 그것이 바로 무림 그리고 개방의 힘이다.

독고지연이 설명했다.

"제자의 수나 천하에 퍼져 있는 세력으로나 개방은 천하제일이에요. 그리고 실력으로도 구대문파에 절대로 뒤지지 않아요."

도무탄은 고개를 끄떡였다.

"개방 태원분타를 건드렸다가 잘못되면 소림사에 이어서 개방까지도 적으로 만들게 될는지 모릅니다."

탁자의 이쪽에는 도무탄과 좌우에 독고지연, 독고은한이 나란히 앉아 있고 맞은편에는 독고기상과 무영이대주가 앉아 있다.

이번에 자리를 잡고 앉을 때에 독고은한은 독고기상이 권하지 않았는데도 스스로 도무탄 옆자리에 앉았다.

그녀는 오랫동안 꽁하는 성격이 아니라서 도무탄하고의 앙금은 아까 그에게 의자를 권하며 몇 마디 주고받은 것으로 이미 다 풀어졌다.

머릿속으로 어떤 구상을 한 도무탄이 차분하게 말했다.

"이 일은 소제가 해결하겠습니다. 그러니 형님과 무영검가에서는 아무 염려 하지 마십시오."

모두 어리둥절한 표정을 지었다. 특히 한 차례 큰 곤욕을 치렀던 독고지연은 불길한 예감에 사로잡혔다.

"여보, 그게 무슨 말씀이죠?"

그녀는 남녀가 혼인을 하고 몇 년 정도 부부로 살아야지만 부를 수 있는 '여보' 라는 호칭이 술술 잘도 나왔다.

그녀가 도무탄을 커다란 바위 아래 틈새에 귀식대법과 혼혈을 제압하여 감춰둘 때까지만 해도 그를 그런 호칭으로 부를 엄두도 내지 못했었다.

그러나 이후 십팔복호호법에게 제압, 납치되었다가 구사일생으로 구출된 이후부터 그녀는 그런 호칭을 거침없이 사용하게 되었다.

비록 납치됐었던 기간은 이틀에 불과했었으나 그녀에게는 이백 년보다도 더 길었다.

그리고 가장 큰 고통은 이제 다시는 도무탄을 볼 수 없다는 사실이었다.

그랬다가 다시 도무탄과 극적으로 조우했으니 '여보' 라는 호칭만이 아니라 그보다 더한 것도 거침없이 할 수 있는 마음가짐이 되었다.

아무리 사랑하는 사이라고 해도 둘 중에 한 사람이 잘못되는 일이 생기면 아무것도 할 수 없다는 사실을 깨달았기 때문이다.

그래서 뭐든지 살아 있을 때 마음껏 다 해보자는 생각이 은 연중에 작용을 한 것이다.

독고지연이 물었으나 도무탄은 앞쪽의 독고기상과 무영이 대주를 향해 말했다.

"소제가 소림사로 찾아가서 해명하겠습니다."

"무슨 소리를!"

"그건 안 돼요!"

독고지연과 독고기상이 크게 놀라서 동시에 벌떡 일어나 며 소리쳤다.

독고은한은 대경실색한 얼굴로 도무탄을 바라보면서 아무 말도 하지 못했다.

무영이대주도 놀라서 그를 쳐다봤으나 잠시 후에는 착잡 한 표정으로 가만히 있었다. 그가 무슨 생각을 하고 있는지 짐작했기 때문이다.

독고지연과 독고기상은 열흘 삶은 호박에 이빨도 들어가 지 않는다는 표정으로 단호하게 외쳤다.

"절대 안 돼요! 가실 바에는 천첩을 죽이고 가세요!"

"자넬 소림사로 보내서 개죽음을 당하게 만들 수는 없네! 그런 말도 안 되는 소리는 다시는 하지 말게!"

독고지연은 도무탄이 지금 당장 어디론가 사라지기라도 하는 것처럼 그의 팔을 가슴에 꼭 안고 매달렸다.

"지금부터 탄 랑하고 절대로 떨어지지 않을 거예요."

도무탄은 그녀의 뺨을 부드럽게 쓰다듬었다. 그녀의 절절한 심정이 고스란히 전해지는 것 같았다.

그도 그녀처럼 영원히 헤어지고 싶지 않지만 무작정 감정이 이끄는 대로만 할 수는 없다. 그것이 남자가 여자하고 다른 점이다.

그때 도무탄은 오른쪽 옆에 앉은 독고은한이 고개를 숙이고 있는 것을 보았다.

가만히 쳐다보니까 그녀는 소리 없이 울고 있었다. 허벅지에 얌전하게 얹고 있는 그녀의 희고 작은 두 손으로 눈물이 뚝뚝 떨어졌다.

도무탄이 소림사로 직접 찾아가겠다는 말에 그녀도 충격을 받은 것이다.

하지만 그녀가 나설 자리가 아니라서 아무 말도 하지 못하고 그저 눈물만 흘렸다.

지금 시점에서 도무탄이 소림사로 간다는 말은 제 발로 무덤으로 걸어서 들어간다는 뜻이다.

도무탄은 자신이 걱정되어 저토록 눈물을 흘리고 있는 독고은한을 모른 체하기가 힘들었다.

그는 탁자 아래로 가만히 손을 뻗어서 허벅지에 얹어 있는 그녀의 왼손을 부드럽게 잡았다.

"······."

그녀는 움찔 놀라더니 그를 살짝 바라보았다. 눈물을 가득 머금고 있는 크고 싱그러운 두 눈을 보노라니 도무탄은 가슴이 찡 했다.

그녀는 오른손으로 그의 손등을 덮었다. 그의 손에 비해서 크기가 절반에도 못 미치는 작고 예쁜 손이다.

그는 고개를 들어 독고기상을 똑바로 주시하며 단호한 표정으로 말했다.

"방법은 그것뿐입니다."

도무탄이 그런 말을 하기 전까지 아무도 그런 방법이 있다는 사실을 알지 못했었다.

그런데 막상 그의 말을 듣고 보니까 해결책이라면 그것이야말로 제격이다.

결자해지(結者解之)라고 했다. 매듭을 묶은 사람이 푸는 것이 원칙이니까 말이다.

그렇지만 문제는 그가 제 발로 소림사에 들어가면 결코 살아서 나오지 못할 것이라는 데 있다.

그러므로 그런 방법은 있으나마나고 또 절대로 찬성할 수 없는 것이다.

"이 대주의 생각은 어떻소?"

무영이대주는 이 시점에서만큼은 침묵을 지키고 싶었으나 도무탄의 물음에 어쩔 수 없이 자신의 생각을 밝혔다.

"내 생각으로는 도 공자가 직접 소림사에 찾아가서 해명한다는 방법이 가장 확실한 것 같소."

그리고 기왕지사 말을 하게 되면 그는 언제나 솔직한 말만 했다.

"이 대주!"

순간 독고씨 삼 남매가 동시에 입을 모아 성난 목소리로 무영이대주를 꾸짖었다.

무영이대주는 그에 굴하지 않고 할 말을 했다.

"그 방법이 아니면 소림사는 절대로 우리 무영검가를 그냥 놔두지 않을 것이오."

독고지연이 발끈해서 무영이대주를 쏘아보며 외쳤다.

"이 대주는 탄 랑에게 대체 무슨 억하심정이 있어서 그런 말을 하는 건가요?"

차분하고 여린 성격의 독고은한도 눈물을 흘리며 원망 어린 표정으로 외쳤다.

"이 대주, 불구덩이에 뛰어들려는 사람을 붙잡지는 못할망정 등을 떠밀지는 말아요."

독고지연은 독고은한이 울면서 자신의 편을 들어주자 그

녀에게 품었던 섭섭한 감정이 다 사라지고 고마운 마음이 샘솟았다.

"연아, 그만해라."

도무탄은 독고지연을 달랜 후에 독고은한을 쳐다보았다.

"처형도 그만하십시오."

"제부……."

독고은한은 왈칵 감정이 솟구쳐서 두 팔로 도무탄의 오른팔을 잡고 가슴에 안으며 눈물을 펑펑 흘렸다.

"제부는 이제 무영검가 사람이에요. 어째서 무거운 짐을 혼자 지려는 건가요?"

독고지연도 걷잡을 수 없이 흐느끼면서 애원했다.

"여보, 천첩이랑 같이 본가에 가서 아버님과 가족들과 함께 대책을 상의하도록 해요. 네?"

도무탄은 양손으로 두 여자의 허벅지를 부드럽게 쓰다듬으면서 타일렀다.

"우선 이 대주의 말을 들어보도록 하자."

이 대주는 자신이 이런 내용의 말을 하는 것에 대해서 심기가 불편했으나 어차피 일이 이렇게 되었으니 할 말은 해야겠다는 생각이다.

"현실적으로 냉정하게 말하겠소. 소림사는 체면과 명예를 매우 중시하는 문파라서 이번 일을 절대로 좌시하지 않을 것이오. 그러므로 어떤 식으로든 반드시 본가에 보복적 응징을 가하고 말 것이오."

"흥! 본가는 바지저고리인가요? 본가라고 가만히 앉아서 당하지는 않을 거예요."

독고지연이 코가 떨어질 정도로 싸늘하게 냉소를 쳤다.

"소림사와 본가 자체만으로 놓고 봤을 때 본가는 소림사의 삼 할쯤에 해당하오. 그것만으로도 본가는 소림사의 상대가 되지 않소."

무영이대주가 말한 것에 대해서 독고기상은 알고 있었고 지연과 은한 자매는 처음 듣는 얘기다. 지금까지는 소림사와 무영검가를 서로 비교할 필요가 없었다.

"소림사의 영향력과 명성은 무림 최고요. 어느 방파나 문파도 소림사에 비교할 수 없소. 그렇지만 본가의 영향력과 명성은 무림에서 오십 위 내에 들면 다행이오."

독고지연이 가시처럼 톡 내쏘았다.

"왜 영향력과 명성을 말하는 거죠?"

"소림사와 본가가 본격적으로 싸움에 돌입한다면 과연 무림의 방파와 문파, 그리고 무림고수들은 어느 쪽 편을 들 것 같소?"

아무도 대답하지 못했다. 그것은 물어볼 것도 없이 대다수가 소림사 편을 들 것이기 때문이다.

설혹 바로 어제까지 무영검가와 화친하던 방파나 문파, 무림고수들이었다고 하더라도, 소림사와 무영검가가 까놓고 편 가르기를 하려 들면 어느 누구라도 생각할 것도 없이 소림사 편에 설 것이다.

무영검가 편에 서면 같은 부류로 취급되어 함께 나락으로 떨어지는 길밖에 없다.

하지만 소림사 편에 서면 승자의 전리품이라도 한두 개 얻을 수 있을 것이다.

무영이대주는 이 말만은 하고 싶지 않았다는 듯한 표정을 지었다.

"만약 이번 일 때문에 최악의 경우 소림사가 본가를 무림공적으로 지목한다면, 본가는 순식간에 모든 것을 잃게 될 것이오."

무거운 중압감이 좌중을 짓눌렀다. 도무탄이 소림사에 혼자서 직접 찾아가서 해결한다는 것에 대해서 필사적으로 반대했던 독고씨 삼 남매는 참담한 심정에 사로잡혀서 뭐라고 할 말을 찾지 못하고 있다.

무영이대주의 말이 하나도 반박할 수 없을 만큼 다 맞기 때문이다.

"그런 걸 알면서 왜 나를 구한 거예요? 구하지 않았으면 이런 일이 없었을 거 아니에요!"

독고지연이 착잡한 표정으로 원망을 터뜨렸다. 말도 안 되는 말이지만 그런 원망밖에는 할 말이 없었다.

무영이대주는 똑바로 독고지연을 주시했다.

"이렇게 될 줄 알았지만 구하지 않을 수 없었소."

"그냥 내버려 두지 그랬어요……!"

독고지연은 부질없는 항변을 해보았다.

탕탕탕!

독고기상이 갑자기 손바닥으로 탁자를 두드리며 강하게 말했다.

"내가 말한 것처럼 개방 태원분타를 쓸어버리고 즉시 지공 등을 추격하여 죽여 버립시다. 그 수밖에는 없습니다."

무영이대주는 어두운 얼굴로 대꾸했다.

"삼 소저를 구하기 전에 나도 그 생각을 했었소. 아니, 개방 태원분타까지는 몰랐었고 십팔복호호법을 전멸시켜서 증거를 없애면 될 것이라고 말이오."

"그럼 된 것 아닙니까?"

독고기상은 마음이 급한 듯 벌떡 일어섰다.

무영이대주도 일어섰다.

"아무래도 그래야 할 것 같소."

그는 도무탄을 쳐다보았다. 이 시점에서 도무탄이 혼자 다 짊어지고 소림사로 찾아가는 게 옳긴 하지만, 그거야 방법이 옳다는 것이지 그가 소림사로 가는 것을 뻔히 지켜볼 수는 없는 일이다.

독고지연과 독고은한 자매가 기쁜 얼굴로 일어나려는 것을 그녀들의 허벅지에 손을 얹고 있던 도무탄이 두 손에 힘을 주어 일어나는 것을 막았다.

"그건 미봉책(彌縫策)일 뿐입니다."

도무탄은 조용히 말을 이었다.

"지금 상황에서는 무영검가에 동조하는 사람들도 있겠지만, 만약 개방 태원분타를 전멸시키고 지공 등을 추격해서 죽이려 하다가 실패라도 한다면 어느 누구도 무영검가 편을 들지 않을 것입니다. 오히려 손가락질을 할 겁니다."

그는 엄숙한 표정을 지었다.

"더 중요한 것은, 그런 일은 명문대파인 무영검가가 할 일이 아니라는 것입니다."

독고기상의 얼굴에 흐릿한 부끄러움이 떠올랐다가 사라졌다.

도무탄은 묘한 미소를 지었다.

"소제에게 모종의 계획이 있습니다. 형님, 너무 걱정하지 마십시오."

"무슨 계획인가?"

"소림사가 소제를 핍박하지 못하도록 약간의 손을 써둘 생각입니다."

*   *   *

태원성 최고의 기루인 천화루는 분수를 등지고 있으면서 개인적으로 사용하는 포구에 여러 척의 유람선과 보급선(補給船)을 보유하고 있다.

도무탄 일행은 그곳에서 남의 이목에 띄지 않으려고 적당한 보급선 한 척에 타고 이른 아침에 출발하여 정오 조금 못 미치는 시각에 태원성에서 오십여 리 하류인 청원현 포구에 당도했다.

퉁…….

천화루 소속의 능숙한 선부(船夫)들은 보급선을 청원포구에 정박해 있는 수십 척의 배 중에서 가장 큰 상선(商船)에 바싹 붙여서 댔다.

상선의 드높은 돛대 꼭대기에서 펄럭이는 깃발에는 '해룡팔선(海龍八船)'이라는 글이 적혀 있었다. 그것은 이 상선이 해룡방 외상단 소속이라는 뜻이다.

보급선은 길이 오 장 남짓이었으나 해룡팔선은 길이가 이십여 장에 폭 오 장여, 누각이나 전각처럼 지어진 선실이 삼층 높이인 거대한 규모다.

그래서 해룡팔선이 한 채의 전각이라고 한다면 보급선은 측간 정도의 크기였다.

차륵……

높은 해룡팔선의 난간에서 줄사다리가 보급선으로 내려졌다.

"올라오십시오, 대형."

줄사다리 위에 궁효가 정중한 모습으로 보급선을 내려다보면서 말했다.

도무탄을 굽어보는 궁효의 얼굴에는 안도의 반가움의 기색이 역력했다.

천화루를 출발하기 전에 청원현에 있는 궁효에게 도무탄이 미리 전서구를 보냈었기 때문에 만반의 준비를 갖춰놓고 기다리고 있는 중이었다.

"오르십시오."

도무탄은 독고기상에게 맨 처음 줄사다리를 오르는 것을 양보했다.

독고기상이 줄사다리를 오르자 도무탄은 다음에 독고지연을 오르게 했다.

"처형."

"아니, 제부 먼저……."

그다음에 독고은한을 오르게 했으나 그녀가 사양했다. 그녀가 먼저 오르면 그 아래에서 도무탄이 뒤따라 오르며 머리 위에서 그녀의 둔부가 움직이는 모습을 볼 테니까 부끄럽기 때문이다.

슥—

그러자 도무탄은 팔로 그녀의 가느다란 허리를 가볍게 안아서 줄사다리에 갖다 대주었다.

그렇게까지 하는데 계속 버틸 수가 없어서 독고은한은 줄사다리를 붙잡고 오르기 시작했다.

보급선 갑판에서 해룡팔선 난간까지는 이 장 반 정도의 높이라서 한 차례 가볍게 도약하는 것으로 쉽게 오를 수 있지만, 도무탄 등은 모두 장사치로 변장을 한 모습이고 이곳 포구에는 사람들의 눈이 많아서 섣불리 경공술을 전개할 수가 없다.

천화루에서 보급선을 타고 청원포구에 온 사람은 도무탄과 독고지연, 독고은한, 그리고 독고기상 네 사람이다.

무영이대주는 무영검수들을 이끌고 북경성으로 향했다. 무영검가로 돌아가서 할 일이 있기 때문이다. 그 할 일이란 도무탄이 언질을 해주었다. 물론 소림사를 상대하기 위한 포석의 일환이다.

도무탄이 마지막으로 줄사다리를 오르기 시작했다. 묵직한 그가 매달리자 줄사다리가 갑자기 크게 출렁이면서 독고은한의 발이 삐끗했다.

풀썩!

"아…….."

그러더니 밑에서 오르고 있는 도무탄 머리에 둔부를 얹으면서 주저앉아 버렸다.

"둘째 언니, 무슨 일이야?"

독고지연이 오르다 말고 그녀를 내려다보면서 물었다. 위에서는 독고은한이 도무탄 머리에 앉은 모습이 전혀 보이지 않는다.

"아… 무것도 아냐."

독고은한은 태연하려고 애쓰면서 대답했다. 동생이 보고 있기 때문에 가만히 있을 수밖에 없었다.

그렇지만 도무탄은 그녀의 둔부를 머리에 얹은 채 씩씩하게 밀고 올라왔다.

독고은한은 그의 머리에 앉은 상태에서 몸이 둥둥 떠서 줄사다리를 오르며 가슴속이 매우 복잡했다.

'이 사람은 정말 장난꾸러기야. 날 조금도 처형으로 여기지 않는 것 같아.'

해룡팔선은 외상단 소속의 상선으로 짐을 가득 싣고 청원포구를 출발하여 분수를 따라 산서성 서남단까지 천여 리를 가서, 황하와 합류하여 그곳에서부터 다시 동쪽으로 구천여 리를 황하 하류로 흘러 내려가다가 동해로 빠져나가 다시 육천여 리를 남하하여 마지막으로 절강성(浙江省)의 항주(杭州)에 이른다.

청원현을 출발하여 항주까지 일만육천여 리를 항해하는 동안 이십여 곳의 포구에 차례로 들르면서 싣고 갔던 짐을 하역하고 또 새로운 짐을 싣기도 한다.

항주에서 열흘 동안 정박해 있는 동안 그곳의 특산물 등 화물을 싣고 다시 왔던 항로를 되짚어 청원현으로 돌아오면서 다시 이십여 곳의 포구에 들러 같은 일을 반복한다.

그런 식으로 각 지역의 특산물이나 물산을 수집하여 각 지역에 골고루 비싼 값에 파는 것이 해룡방 외상단의 사업 중 하나다.

강폭이 오십여 장에 이르는 분수를 오가는 수많은 선박 중에서 해룡방의 상선이 가장 규모가 크다.

도무탄 일행이 탄 해룡팔선은 외상단 소속 상인이 삼십여 명이고 상단을 호위하는 행상단 소속 호위무사 열 명을 합쳐서 모두 사십여 명이 타고 있다.

촤아아…….

해룡팔선은 수심이 너무 깊어서 푸르다 못해 검푸른 분수의 물살을 가르면서 하류를 향해 항진하고 있다.

이 배 갑판에는 전후에는 두 개의 큰 선실이 있으며 그중 뒤쪽 선실 이 층의 가장 큰 방에 여러 사람이 모여 있다.

실내에는 벽을 등지고 네 개의 의자가 놓여 있으며 그곳에 도무탄과 독고지연, 독고은한, 독고기상이 나란히 앉아 있고, 그 앞에 궁효를 비롯한 소화랑, 소진 남매와 도무탄의 좌우호위로 임명됐었던 해룡야사 막야와 막사, 죽은 막태의 처 보화가 서 있다.

도무탄이 이 배에 탈 것이라는 사실은 궁효만 알고 있었기 때문에 소진, 소화랑 남매와 해룡야사, 보화 등은 예상하지도 않았던 도무탄을 보고는 너무 기뻐서 어쩔 줄 몰랐다.

소진과 보화는 도무탄이 무사하다는 사실에 기쁨의 눈물을 흘렸지만 장내의 분위기가 엄숙해서 아무 말도 꺼내지 못하고 울기만 했다.

"다들 가까이 와라."

도무탄이 미소를 지으며 손짓을 하자 소진이 먼저 쪼르르 다가와 그의 두어 걸음 앞에 멈추고, 소화랑과 해룡야사, 보화, 궁효가 뒤따랐다.

"궁효, 그런데 이 아리따운 작은 아가씨는 누구냐?"

도무탄은 소진을 가리키며 짐짓 누군지 알 수 없다는 듯한 표정을 지었다.

사실 도무탄은 소진이 누군지 알아보았지만 그녀가 소화

랑 등과 섞여 있으니까 소진일 것이라고 짐작한 것이지 만약 거리에서 봤다면 전혀 알아보지 못했을 터이다.

그 정도로 소진의 모습은 예전하고는 판이했다. 그러나 한창 쑥쑥 자랄 나이에 굶는 날이 밥을 먹은 날보다 많았었기에 키가 제대로 크지 못했던 것은 훗날에 아무리 잘 먹어도 어쩔 수 없는 모양이다.

소진의 키는 변함없이 작고 체구는 아담하며 여렸다. 독고지연에 비하면 키가 어깨에 겨우 찰 정도이고 체구는 십삼사 세 수준이다.

그렇지만 얼굴은 정말이지 독고지연 삼 남매로서도 깜짝 놀랄 정도로 아름다웠다.

티 한 점 없는 살결에 얼굴의 절반이나 차지하는 커다랗고 흑백이 또렷한 두 눈, 뾰족하고 오뚝한 코와 아주 조그맣고 새빨간 입술, 귀 아래까지 보송보송한 구레나룻이 이어진 모습은 절색이 따로 없었다.

만약 그녀의 키와 체구가 보통 여자들만큼만 됐더라면 천하이미, 혹은 무림쌍화라고 불리는 천상옥화와 우란화를 찜 쪄 먹고도 남음이 있을 터이다.

궁효는 도무탄이 소진을 알아보고서도 일부러 그런다는 것을 짐작했으나 정중하게 대답했다.

"그녀는 소진입니다, 대형."

"호오… 진아가 이렇게 예뻐졌다는 말이냐?"

"으흑흑! 오라버니!"

도무탄이 짐짓 너스레를 떨자 소진은 더 이상 참지 못하고 울음을 터뜨리면서 그에게 달려들었다.

"으앙! 저는 오라버니가 변을 당한 줄 알았어요."

그녀는 도무탄에게 와락 안기면서 매달리며 어린아이처럼 울음을 터뜨렸다.

"어이쿠… 인석아."

도무탄은 그녀를 덥석 안아 무릎에 앉히고 궁둥이를 두드리며 웃었다.

"하하하! 진아, 이 오빠는 그리 호락호락하게 죽는 사람이 아니란다!"

"흑흑… 어디 봐요. 정말 오라버니인지……."

소진은 그와 마주 보고 앉아서 두 손으로 그의 얼굴을 어루만졌다.

도무탄은 환하게 웃으면서 독고지연을 보며 말했다.

"내가 전에 얘기했었지? 세 군데 칼에 찔려서 자루에 담겨져 차디찬 강물에 내버려졌었을 때 바로 이 녀석이 날 살려줬었다고."

독고지연은 그 얘길 서림장에서 술을 마실 때 녹상에게 들은 적이 있었다.

그리고 그때 절망적이었던 상황이 도무탄의 인생을 바꿔 놓았다는 얘기도 들었다.

독고지연은 태원성 천화루에서 보급선을 타고 청원현으로 오는 도중에 독고은한과 독고기상에게 몇 가지 중요한 사항들을 설명해 주었다.

주로 도무탄에 대한 것과 그와 독고지연 사이에서 일어났던 일, 그리고 그녀가 막태를 죽인 일에 대한 것들이다.

독고기상과 독고은한은 그런 얘기를 미리 들었던 터라 이곳 해룡팔선에서 소진, 소화랑 남매와 궁효, 보화, 해룡야사 등을 만나게 되니까 그들이 달리 보였다.

도무탄은 소진이 너무 귀여운 듯 그녀를 자신의 몸 안에 욱여넣을 듯이 꼭 끌어안았다.

"진아가 아니었으면 난 오래전에 죽은 몸이야. 이 녀석이 매란촌 움막에서 날 정성껏 치료하고, 내 똥오줌을 다 받아내면서 끝끝내 살려냈었지."

그는 손짓을 해서 소화랑을 가까이 오게 하여 손을 잡고 설명을 이었다.

"소화랑은 진아의 오빠야. 자루에 돌덩이와 함께 담겨져서 얼음물처럼 차디찬 강물 밑바닥에 가라앉은 나를 건져낸 장본인이지. 지금 내가 살아 있는 것은 이들 남매의 헌신 덕분에 가능했었다."

슥—

도무탄은 소진을 내려놓고 해룡야사와 보화, 궁효를 향해 우뚝 섰다.

"제수씨, 그리고 너희들에게 용서를 구할 일이 있다."

그가 자세를 바로하자 궁효와 보화, 해룡야사는 당황해서 어쩔 바를 몰랐다.

궁효 등은 서림장에서 도무탄과 헤어진 이후 지금 처음 그를 보는 것이기 때문에 그동안 그에게 무슨 일이 있었는지 전혀 모르고 있다.

하지만 조금 전에 도무탄이 독고지연과 함께 나타났었고 또 지금은 그녀가 그의 옆에 앉아서 매우 친근한 관계인 것 같은 모습을 보이고 있어서, 그사이에 도무탄과 그녀 사이에 무슨 일이 있었을지도 모른다고 막연하게 짐작만을 하고 있을 뿐이다.

도무탄은 궁효 등에게 정중하게 허리를 굽혔다.

"나는 너희들에게 큰 잘못을 저질렀다."

"앗!"

"대형!"

궁효 등은 소스라치게 놀라서 그 자리에 고꾸라지듯이 엎드리며 부복했다.

궁효는 도무탄이 갑자기 허리를 굽히자 이마를 바닥에 대고 납작하게 엎드린 자세에서 전전긍긍했다.

"대형, 무슨 일인지는 모르겠지만 제발 허리를 펴십시오. 저희는 도저히 감당할 수가 없습니다."

도무탄은 어쩔 수 없다는 듯 허리를 펴고 한숨을 내쉬었다.

"일어나라."

궁효 등이 조심스럽게 일어나는 것을 보고 그는 자신이 잘못 접근하고 있음을 깨달았다.

그렇지만 그는 원래 말을 에둘러서 하지 못하고 꼼수나 권모술수 같은 것을 쓰지 못한다.

그는 독고지연을 가리키며 담담한 얼굴로 설명했다.

"나는 천상옥화 독고지연을 내 여자로 맞이했다. 즉, 그녀는 내 아내가 되었다."

처음에 독고지연과의 만남은 악연이었다. 도무탄과 녹상은 막태가 모는 마차를 타고 서림장으로 가던 도중에 독고지연, 화산이웅과 부닥치게 되었다.

싸움이 벌어졌으며 결과적으로 화산이웅은 녹상에게 죽음을 당했고, 독고지연을 뒤에서 죽이려던 막태는 오히려 그녀에게 죽었다.

이후 도무탄의 권혼력이 실린 주먹에 적중당한 독고지연은 가랑잎처럼 날려 갔다가 간신히 도주했었다.

그녀는 갈비뼈가 다 부러져서 장기와 내장을 갈가리 찢은 중상을 입은 몸을 이끌고 북경성 무영검가로 돌아가는 길에 상처 때문에 산중에서 쓸쓸하게 죽음을 맞이하게 되었으나, 마침 그곳을 지나가던 무적검풍 소연풍의 눈에 띄어 극적으로 목숨을 건졌었다.

만약 소연풍이 아니었다면 독고지연은 태악산 이름 모를 산중에서 죽었을 것이고 도무탄과 다시 만나는 일은 일어나지 않았을 것이다.

이후 독고지연은 소연풍과 함께 서림장에 찾아와서 도무탄과 재회를 했었다.

그 자리에서 소연풍의 중재로 독고지연과 보화, 해룡야사 사이의 원한은 깨끗이 정리가 됐었다.

즉, 보화 등이 다시는 독고지연을 원수로서 대하지 않겠다고 맹세했었다.

그런데 방금 도무탄이 독고지연을 자신의 아내로 맞이했다는 태풍 같은 선언을 해버렸다.

그 말을 듣고 궁효와 해룡야사, 보화는 깜짝 놀라는 표정을 지었다.

그러나 단지 그것뿐이지 화를 낸다든가 착잡한 표정을 짓는 등 다른 반응은 보이지 않았다.

외려 그들은 도무탄과 독고지연을 향해 앞다투어 허리를 굽히며 축하해 주었다.

"대형! 축하드립니다!"

"정말 축하드립니다, 대형!"

소진과 소화랑도 크게 놀라더니 진심으로 축하했다.

"저렇게 아름다운 분이 정말 오라버니 부인이에요?"

소진은 절색의 독고지연과 독고은한을 번갈아 보면서 기쁨을 감추지 못했다.

"축하합니다, 대형."

원래 감정 표현이 서툰 소화랑이지만 지금 만큼은 벙긋 웃으면서 축하해 주었다.

도무탄은 뜻하지 않은 해룡야사와 보화의 반응에 놀라면서도 고마웠다.

사실 그는 독고지연에게 남편이며 형, 오라비를 잃은 그들이 이처럼 진심으로 축하해 줄 것이라곤 기대하지 못했었다. 기대한다는 자체가 죄스러웠다.

"고맙다, 너희들."

도무탄은 감정이 북받쳐서 가볍게 고개를 숙였다.

보화가 앞으로 나서며 다소곳이 덕담을 했다.

"대형, 부디 행복하세요."

"제수씨, 고맙소."

第四十章

번개와 폭풍

쏴아아…….

해룡팔선은 순풍에 돛 세 개를 모두 펼치고 매우 빠른 속도로 항해하고 있다.

도무탄의 목적지는 소림사지만 벌려놓은 사업이 있기 때문에 그전에 낙양에 들러야 한다.

그의 목표는 해룡방을 천하제일로 키우고 그 자신은 무림에서 쟁쟁한 명성을 날리자는 것이다.

한때 그는 돈만 많으면 한평생 떵떵거리면서 살아갈 수 있을 것이라고 믿었던 시절이 있었다.

그렇지만 저승 안으로 몇 걸음 들어갔다가 나온 이후 생각
이 완전히 바뀌었다.

가장 완벽한 성공은 돈과 힘, 두 가지를 양손에 다 쥐어야
하는 것이라는 사실을 뼈저리게 깨달았다.

그 첫걸음으로 얼마 전에 그는 해룡방 세 명의 방주, 외방
주와 내방주, 기방주를 선발대로 낙양에 보냈었다.

그래서 도무탄은 소림사에 가기 전에 낙양에서 그들을 만
나 그동안의 진척 상황을 보고받고 또 앞으로의 계획을 상의
하고 결정을 내려야 한다.

그가 만약 소림사에 죽을 각오로 간다면 구태여 세 명의 방
주를 만나지도 않을 것이다.

죽으면 모든 게 끝인데 무엇 하러 그들을 만나겠는가. 소림
사에서 살아나오면 그때 만나도 늦지 않을 터이다.

하지만 그는 소림사에서 살아 나올 자신이 있다. 뼛속까지
장사꾼인 그가 소림사와의 거래에서 손해를 볼 확률이 크다
고 판단했다면 이런 계획은 처음부터 아예 시작하지도 않았
을 것이다.

넓은 실내 한가운데에 푹신한 호피가 여러 장 붙여서 깔려
있고 그 위에 도무탄 등이 둥글게 둘러앉았다.

십여 명이 함께 둘러앉을 탁자가 없다는 말에 도무탄이 그

냥 바닥에 둘러앉자고 했다.

해룡팔선에 상주하는 행상단 소속 호위무사들이 나무판자 여러 개를 자르고 못질을 해서 솜씨 좋게 커다랗고 둥근 앉은뱅이 탁자를 만들었으며, 그 위에 소진과 보화가 만든 진수성찬이 가득 차려져 있다.

독고씨 삼 남매는 도무탄 좌우에 나누어 앉아 있다. 도무탄 왼쪽에는 독고지연이 앉았지만 오른쪽에는 소진이 자리를 잡았기 때문에 독고은한이 소진 옆에 그리고 독고기상이 그 옆에 앉았다. 그리고 맞은편에는 궁효와 보화, 해룡야사가 앉아 있다.

도무탄은 술을 가득 부은 술잔을 들어 올리고 유쾌한 얼굴로 말했다.

"술 못 마시는 사람은 지금 일어나서 나가주시오."

오늘은 핑계 대지 말고 다 함께 즐겁게 술을 마시자는 완곡한 표현이다.

소진이 술잔을 쥐고 하얀 팔뚝을 치켜들었다.

"저는 오늘부터 술 마실 거예요."

원래 그녀는 술을 한 방울도 마시지 못했지만 오늘은 도무탄을 다시 재회한 자리니까 한번 마셔보겠다고 독한 각오를 했다.

그런데 독고지연과 독고기상은 거의 동시에 호기심 어린

표정으로 독고은한을 쳐다보았다.

그녀가 술을 마시지 못하기 때문이다. 술을 서너 잔만 마셨다 하면 얼굴이 새빨개지고 횡설수설하다가 끝내는 정신을 잃고 만다.

그래서 그녀 자신이 그 사실을 알고 나서는 일체 술을 입에 대지 않았다.

그러나 독고은한은 기세 좋게 술잔을 들어 올렸다.

"주향이 매우 좋아서 군침이 도는군요."

그녀 나름대로 취하지 않을 방법이 있다. 술을 마시는 족족 공력으로 취기를 몰아낼 생각이다.

그렇게라도 하지 않으면 이 방을 나가야만 하는데 그러는 것은 죽기보다도 싫다.

술을 마시지 않으면 이 방에서 나가야 한다는 도무탄의 말이 설마 진심이겠느냐마는, 순진해 빠진 그녀는 진심일 것이라고 믿었다.

그런데 도무탄이 술잔을 들어 여러 사람과 부딪치면서 엄숙하게 경고했다.

"술기운을 공력으로 몰아내는 비겁한 사람은 볼기를 때릴 것이오."

독고은한은 흠칫 놀라 당황했고 그 모습을 보고 독고지연과 독고기상은 이제부터 무슨 일이 벌어질지 자못 기대하는 표정을 지었다.

　정오 무렵에 청원포구를 출발했던 해룡팔선은 해가 지고
서도 캄캄한 강물 위를 계속 항진했다.
　분수는 강폭이 넓고 수심이 깊으며 별다른 장애물이 없어
서 이 강을 수천 번도 더 오갔던 선부들은 눈을 감고서도 운
항을 할 수가 있다.
　다른 배들과의 충돌을 피하기 위해서 해룡팔선은 선수(船
首)에 불을 환하게 밝힌 채 항해했다.
　과연 술은 감정의 만병통치다. 술을 마시기 시작한 지 한
시진쯤 지나서 다들 거나하게 취기가 오르자 너 나 할 것 없
이 기분이 좋아지고 주흥이 도도해졌다.
　술을 마시면서 오고 가는 대화로 인해서 독고 삼 남매와 궁
효 등의 어색한 분위기도 많이 가셨다.
　카카캉! 채챙! 꺼겅!
　그런데 지금 실내에는 도와 도가 부딪치면서 내는 날카로
운 음향이 가득했다.
　술자리 옆 널찍한 공간에서 해룡야사 막야와 막사가 그동
안 갈고닦은 전삼도를 선보이고 있는 중이고, 모두들 진지한
얼굴로 지켜보았다.
　물론 해령야사가 자청해서 나선 것이 아니라 도무탄이 그

동안 실력이 얼마나 늘었는지 보자고 했다.

해룡야사는 원래 산예문, 즉 해룡방 행상단 소속이었으며 궁효에 의해서 발탁되어 태원성 전도문 문주인 단혼도에게 전삼도 삼 초식을 직접 사사했었다.

단혼도는 궁효가 인정하는 명실공히 태원성 최고수다. 그렇기에 해룡야사의 실력은 행상단 내에서도 궁효 다음으로 뛰어났었다.

두 사람이 전격적으로 도무탄의 좌우호위인 해룡야사에 기용되고, 또 도무탄에게 전설의 보도인 건곤음양도를 각각 하사받은 이후, 도무탄의 기대에 어긋나지 않기 위해서 죽기 살기로 전삼도 연마에 매진한 결과 현재는 발군의 실력으로 증진되었다.

까까강! 쩌껑! 쩡!

두 사람은 실전을 방불케 할 정도로 치열하게 대결을 벌이고 있는데 우열을 가리기가 어려웠다.

예전에는 세 살 위 오빠인 막야가 훨씬 고강했었는데 지금은 막상막하다.

막야는 그동안 도법연마를 예전보다 배전의 노력을 기울였었는데, 지금 싸우는 것을 보면 막사가 훨씬 더 노력을 쏟았다는 증거다.

그래서 거기에 자극을 받은 막야는 아예 하루에 한 시진 정도만 자면서 도법연마에 몰두하고 있는 중이다.

껑!

"앗!"

한순간 막야가 신들린 듯이 찔러오는 막사의 곤음도를 슬쩍 쳐내면서 수중의 건양도 칼등으로 그녀의 어깨를 가볍게 툭 쳤다.

"웃!"

막사는 얼굴을 찡그리며 한쪽 무릎을 꿇었다. 대결은 아쉽게도 그녀의 패배로 끝났다.

"헉헉헉……."

"하악! 학학학……."

일각 동안 쉬지 않고 도를 휘두른 두 사람은 도를 거두면서 거친 숨을 몰아쉬었다.

막야가 간신히 이겼으나 막사는 승복하지 않았다. 그녀는 날카로운 눈빛으로 오라비를 쏘아보았다. 입 밖으로 말은 하지 않았지만 '두고 봐. 조만간에 오빠를 이길 거야'라고 눈빛이 말하고 있었다.

짝짝짝짝!

"대단하다! 야야! 사야!"

도무탄이 박수를 치면서 칭찬하자 다른 사람들도 와아! 하고 일제히 박수를 쳤다.

"너희 두 사람 내 술 받아라."

도무탄이 술병을 들자 막야와 막사는 멈칫하더니 공손한 자세로 다가왔다.

두 사람을 위해서 독고지연과 소진이 옆으로 물러나며 자리를 넓혀주었다.

두 사람은 대결을 하기 전에 꽤 취했었는데 일각 동안 전력을 다해서 싸운 탓에 술이 웬만큼 깨버렸다.

"야야, 실컷 마셔라."

"감사합니다."

막야는 무릎을 꿇고 앉아서 두 손으로 공손히 술을 받고는 단숨에 마셨다.

그는 원래 키가 크고 마른 체구였으나 지금은 예전보다 더 깡마른 모습이 되었다.

"사야, 너는 그동안 더 말랐구나."

작고 가녀린 체구의 막사가 예전에 비해서 훨씬 더 말라서 얼굴에 커다랗고 검은 두 눈밖에 없는 것 같았다.

도무탄의 말에 그녀는 수줍어서 고개를 푹 숙이고 귀까지 붉게 물들었다.

세상에 무서운 게 없으며 악다구니에 깡다구로 똘똘 뭉친 그녀지만 도무탄 앞에서만큼은 얼굴도 들지 못한다. 그녀가 곤음도를 휘두르는 위맹한 모습을 보지 않는다면 영락없이 작고 어린 소녀로만 여길 것이다.

"어서 마셔라."

술을 따라준 도무탄은 막사가 마시기를 기다리며 물끄러미 바라보았다.

그런데 막사는 술을 마시려고 살며시 고개를 들다가 도무탄하고 눈이 마주치자 화들짝 놀라는 바람에 술을 절반 이상 엎질렀다.

"이 녀석이 아까운 술을 흘리다니."

도무탄은 팔을 뻗어서 막사의 세류요(細柳腰)를 냉큼 안아 들어 자신의 무릎에 가볍게 앉히고 마치 어린아이에게 젖을 먹일 때처럼 상체를 뒤로 눕히고는 그녀의 입에 술병을 들이밀었다.

"그 벌로 한 병을 다 마셔야 한다."

"아……."

막사는 깜짝 놀라서 잠시 허우적거리다가 잠자코 있었다.

도무탄이 술을 마실 때에는 다소 폭군적이고 장난이 심하다는 사실은 해룡방 사람이라면 다 알고 있다.

얼굴의 절반 이상을 차지하는 듯한 검고 커다란 막사의 두 눈이 더욱 커졌다.

"입 벌려라."

도무탄의 명령에 막사는 조금 전에 막야하고 싸울 때의 용

맹함은 다 어디로 가고 몸을 한껏 옹송그리고 바들바들 떨며 입술을 열었다.

도무탄은 그녀의 입에 술병 주둥이를 대고 기울이며 한 병을 다 쏟아부었다.

툭툭툭…….

"하하! 술맛이 어떠냐?"

도무탄은 막사의 상체를 일으켜 자그마한 궁둥이를 두드리며 물었다.

술 한 병을 급하게 다 마신 막사는 얼굴이 빨개져서 대답을 하지 못하고 콜록거리고 또 할딱거렸다.

"형님께선 해룡야사의 솜씨를 어떻게 보셨습니까?"

해룡야사가 제 자리로 돌아간 후에 도무탄이 술을 따라주며 독고기상에게 넌지시 물었다.

"놀랐네."

독고기상은 맞은편에 나란히 앉아 있는 해룡야사를 보면서 조용히 관전평을 피력했다.

"솔직하게 말하면 나는 매제를 제외하면 해룡방에는 제대로 무술을 펼칠 줄 아는 사람이 아무도 없을 것이라고 생각했었네."

"그렇게 생각하는 것도 무리는 아니지요."

아까 도무탄이 해룡야사에게 대결을 해보라고 했을 때 독고기상은, 아니, 독고지연과 독고은한까지도 별다른 기대는 하지 않았었다.

해룡야사를 해룡방 상단의 호위무사라고 알고 있었으므로 솔직하게 말하면 추호도 기대하지 않았었다.

무림인 축에도 끼지 못하는 말 그대로 무사 두 명의 드잡이 일 것이라고 예상했었다. 그러므로 방금 독고기상이 한 말은 솔직한 견해다.

"그런데 내 예상이 크게 빗나갔네. 저 두 사람 정도면 보진급(步進級)은 되겠네."

독고기상 딴에는 후한 점수를 준 것이다. 사실 해룡야사는 보진급에는 조금 못 미치지만 예의로써 칭찬해 주는 것이 나쁜 일은 아니다.

"보진급이 뭡니까?"

얼마 전까지만 해도 무림이나 무술에 대해서는 전혀 관심이 없었던 도무탄으로서는 처음 들어보는 말이다.

그렇지만 자기들 딴에는 칼로 밥 벌어서 먹고산다고 자부하는 궁효나 해룡야사는 그 말이 무슨 뜻인지 알고 있다.

무사들의 최종목표는 언제나 무림이기 때문이다. 그래서 무림의 규칙이나 예절, 소문 따위에는 언제나 귀를 활짝 열어두고 있다.

독고지연이 대신 설명해 주었다.

"누가 정한 것은 아닌데 언제부턴가 무림에는 쟁투십오급(爭鬪十五級)이라는 말이 떠돌고 있어요."

"쟁투십오급? 그게 뭔데?"

도무탄은 그 말 역시 처음 들어본다.

"무림인들은 어느 누구라도 초절일이삼(超絶一二三) 여섯 등급이 있으며, 각 등급은 또다시 상중하 세 등급으로 나누어진다는 것이에요."

"무림인 각자를 말인가?"

독고지연은 독고기상을 가리켰다.

"네. 예를 들어서 둘째 오라버니는 초절일이삼의 일급이면서 상급에 속하죠. 그런 등급을 '일상급'이라고 해요."

도무탄은 멋쩍은 표정을 짓고 있는 독고기상을 한 번 보고 나서 신기한 듯 물었다.

"호오… 그것은 누가 정하는 건가? 본인은 아니겠지?"

"왜 그렇게 생각하죠?"

독고지연은 술을 따라 그에게 건네주었다.

도무탄은 독고기상을 보며 빙그레 미소 지었다.

"처남은 자신의 실력에 대해서 이러쿵저러쿵 평가를 할 사람이 아냐. 또한 자랑할 사람은 더욱 아니고. 그러니까 처남 스스로 정하지는 않았겠지."

독고기상은 도무탄의 정확한 판단에 벙긋 입으로만 웃으

며 흐뭇한 표정을 지었다.

독고지연은 희고 가느다란 손가락 하나를 세워서 도무탄의 말이 정확하다는 시늉을 해보였다.

"정확해요. 순전히 타인이 정해주는 거예요. 탄 랑도 아시죠? 타인이 누군가를 평가할 때에는 얼마나 야박하게 구는지를 말이에요. 더구나 무공일 경우에는 한 치의 자비로움도 없어요. 타인들이 그 사람과 싸워보고 나서는 이기든지 패하든지 그다음에 평가를 하는 거죠. 초절일이삼 상중하의 어디에 속하는지."

"호오… 그런 게 있었군."

도모탄은 고개를 끄떡이다가 손가락을 까딱거리며 독고지연과 독고은한을 가리켰다.

"그럼 두 사람도 일상급인가?"

독고지연은 살포시 미소 지었다.

"맞아요. 그렇지만 둘째 오라버니에 비하면 조금 못 미치는 일상급이죠."

도무탄은 본론으로 돌아갔다.

"그런데 처남이 말한 보진급은 뭐지?"

"한 걸음만 더 나아가면 초절일이삼의 맨 아래 단계인 삼하급(三下級)이 될 수 있다는, 이를테면 정식 초절일이삼은 아니지만 열다섯 개 계단의 맨 아래에 한발을 디뎠다는 뜻이에요."

"호… 그렇군."

독고기상의 칭찬에 해룡야사는 적잖이 고무된 표정이다. 일개 무사가 초절일이삼의 입구라는 보진급에 들어섰으니 그 야말로 개천에서 용이 났다는 것은 이런 경우를 두고 하는 말 이다.

더구나 무림오가의 하나인 무영검가의 이 공자가 직접 보 고 평가를 내린 것이니 그 의미가 더욱 크다.

독고기상은 맞은편의 해룡야사를 턱으로 가리켰다.

"저 두 사람은 공력이 상당한 것 같던데?"

일개 호위무사라고 짐작했기에 공력 같은 것은 없을 것이 라고 여겼었다가 두 사람의 부딪치는 두 자루 도에서 꽤 강한 공력의 기운을 엿보았던 것이다.

도무탄은 빙그레 미소 지으며 고개를 끄떡였다.

"상당하지는 않아도 공력이 있긴 있을 겁니다."

그는 해룡야사에게 넌지시 물었다.

"너희들 공력이 얼마나 되느냐?"

"삼십 년쯤 된다고 사부님께서 말씀하셨습니다."

"호오… 제법이로군."

막야는 감사한 표정을 지었다.

"대형 덕분입니다."

태원성 천보궁에 있는 도무탄의 개인 보물창고 금창에는 천하에서 귀한 것이라면 없는 것이 없다.

그중에서도 온갖 영약과 영초, 영물 말린 것 등은 종류만도 수백 가지이고 수량은 수천 개에 달한다.

도무탄은 궁효에게 궁효 자신을 비롯하여 해룡야사와 소화랑, 심지어 무공을 익히지 않는 소진과 보화에게도 그것들을 아끼지 말고 먹이라고 지시했었다.

그는 자신이 무림에 진출하기로 결심을 했기 때문에 가족이나 다름이 없는 궁효 등도 당연히 함께 행동해야 한다고 생각했다.

현재 그가 무림에 동반 진출하겠다고 찍은 사람은 궁효와 해룡야사, 소화랑 네 명이다.

그는 무림진출을 위해서 자신이 할 수 있는 일은 모조리 쏟아부을 생각이다.

그가 갖고 있는 것은 기막힌 두뇌와 도대체 얼만지도 계산할 수 없을 만큼 무진장의 돈이다.

막말로 돈을 처발라서라도 무림에서 일가(一家)를 이루고 싶은 것이다.

독고기상은 대형 덕분이라는 막야의 말에 의아한 표정으로 도무탄에게 물었다.

"혹시 매제가 저들의 공력을 높여준 것인가?"

그럴 리는 없겠지만 막야의 말이 그런 의미인 것 같았다.

도무탄은 의미심장한 미소를 지었다.

"그렇다고 할 수 있습니다."

독고기상은 의아한 표정을 떠올렸다. 무림에서 한 사람이 다른 사람의 공력을 인위적으로 높여주는 방법은 크게 두 가지로 구분된다.

하나는 막힌 임독양맥(任督兩脈)을 소통시켜 주는 것이고 또 하나는 자신의 공력을 주입해 주는 것이다.

독고기상은 도무탄이 해룡야사의 임독양맥을 소통시켜 주었다는 것도 자신의 공력을 주입했다는 것도 가능성이 없다고 생각했다.

타인의 임독양맥을 소통시켜 주려면 자신의 공력이 최소한 이 갑자, 즉 백이십 년은 돼야만 가능하다. 그리고 도무탄이 체내에 지니고 있는 것은 권혼인데 그것을 해룡야사에게 주었을 리가 만무하다.

"제수씨."

도무탄의 부름에 궁효와 나란히 앉은 보화가 다소곳한 자세로 탁자에 차려진 요리들을 가리키며 설명했다.

"여기에 차려진 요리는 모두 열두 가지이고 술은 두 가지인데 거기에는 제각각 다른 열네 종류의 약재나 영물이 듬뿍 첨가되었습니다."

"약재나 영물?"

독고기상만이 아니라 독고지연도 흥미로운 표정을 지었다. 그러나 독고은한은 꽤 취해서 고개를 숙인 채 상체를 흔들거리고 있었다.

보화는 독고기상 앞에 놓인 그가 맛있게 잘 먹었던 요리를 가리켰다.

"상공께선 이것의 재료가 무엇이라고 생각하십니까?"

요리들은 하나같이 다 맛있었지만 독고기상은 지금 보화가 가리키고 있는 요리를 제일 잘 먹었다.

여북하면 그가 하도 잘 먹는 바람에 요리 그릇이 바닥을 보이기 무섭게 보화가 벌써 세 그릇째 갖다놓았다.

"글쎄… 닭고기가 아니오?"

"개구리입니다."

"개… 구리?"

독고기상과 독고지연은 전혀 뜻하지 않았던 말에 적잖이 놀란 표정을 지었다.

"보통 개구리가 아니라 토정심와(土精深蛙)라는 귀한 영물입니다."

그녀는 도무탄에게 말할 때하고는 달리 꽤나 경직된 표정이고 말투다.

"토정심와……."

보화는 금창에 비치되어 있던 금창색인(金廠索引)이라는 책자에서 읽은 토정심와에 대해서 설명했다.

"토정심와는 십만대산(十萬大山) 깊은 산중에서만 서식하는데 평소에는 지하 수천 장 깊이에서 흐르는 한천(寒泉)에서 살다가 보름달이 뜨는 날에 지상으로 올라와서 보름달의 정기인 월성지기(月星之氣)를 흡수하고는 다시 지중(地中)으로 돌아갑니다."

금창색인은 금창에 모아놓은 수많은 보물과 약재, 영물들의 이름과 내력이 적힌 책자다.

"의원들은 토정심와 한 마리를 복용했을 때의 효능으로 무림인은 삼십 년의 공력이 증진되고, 평범한 사람은 백발이 검어지고 빠진 치아가 다시 나며 약해진 뼈가 무쇠처럼 단단해진다고 했어요."

"이게 말이오?"

독고기상은 세 번째 갖다놓은 접시마저 거의 바닥을 비우고 있는 요리를 가리키며 놀라는 표정을 지었다.

"네."

"여기 한 접시에 개구리… 토정심와가 몇 마리였소?"

"한 접시에 세 마리가 들어 있었어요."

독고기상은 혼자서 두 접시를 깨끗이 비우고 세 번째 접시에서 한 마리를 더 먹었으니 도합 일곱 마리의 토정심와를 먹은 것이다.

한 마리에 공력이 삼십 년 증진된다고 했으니까 일곱 마리면 무려 이백십 년이다.

"이건 도대체······."

독고기상이 어이없다는 표정을 짓자 도무탄이 조용한 목소리로 부연설명을 했다.

"한 마리를 복용하면 공력이 삼십 년 증진된다고 하지만 실제로는 그런 것 같지 않습니다. 그렇지만 공력증진에 도움이 되는 것만은 분명합니다. 다만 많이 먹으면 먹을수록 좋기는 하겠지만 일곱 마리 복용했으니까 공력이 갑자기 이백십 년 증진된다는 산술적인 계산은 무리인 것 같습니다."

그는 탁자의 요리를 두루 가리켰다.

"여기에 있는 요리는 모두 그런 식의 영물이나 영초를 주재료로 사용해서 만들었습니다. 그리고 영약은 양념으로 사용했지요."

"양념으로 영약을······."

도무탄은 술병을 들어서 독고기상의 잔에 따르면서 싱긋 미소 지었다.

"이것도 영물로 담근 술입니다."

보화가 덧붙였다.

"삼라화리(森羅火鯉)라는 천 년 묵은 잉어로 담근 술이며 책자에 의하면 한 잔에 공력 십 년이 증진된다고 했습니다."

독고기상은 방금 도무탄이 따라준 술잔을 놀란 표정으로 쳐다보았다.

그는 지금까지 스무 잔 정도 마셨으니까 산술적으로 따지면 이백 년의 공력이 증진되어야 한다.

도무탄이 빙그레 미소 지었다.

"이따 주무시기 전에 운공조식을 해서 오늘 복용하신 영물들의 효능을 공력으로 전환하는 것 잊지 마십시오."

독고기상과 독고지연은 이 술자리가 그냥 평범한 술자리가 아니라는 사실을 깨달았다.

독고기상은 놀라움에 감탄을 더한 표정으로 물었다.

"자네는 그런 귀한 것들을 어디에서 구했는가?"

"제가 원래 그런 특별한 물건들을 좋아하는 것을 수하들이 알고 있으니까 장사를 하러 천하를 돌아다니다가 이것저것 구해 옵니다."

독고기상은 해룡야사가 어깨에 메고 있는 도를 가리켰다.

"저 친구들의 무기도 그렇게 구한 것인가?"

그는 아까 해룡야사가 겨룰 때 그들의 도가 범상한 물건이 아니라는 것을 알아보았었다.

"그렇습니다. 어떤 무기인지 알아보겠습니까?"

독고기상은 고개를 가로저었다.

"모르겠네."

"건곤음양도입니다."

독고기상과 독고지연은 크게 놀랐다.

"건곤음양도라고?"

"세상에……."

독고기상은 해룡야사의 건곤음양도에서 눈을 떼지 못했
다.

"천하십대기병(天下十代奇兵) 중에 두 자루를 이런 곳에서
보게 되다니……."

역사상 가장 훌륭한 무기 열 자루를 선정하여 천하십대기
병이라고 부른다는 말을 도무탄도 들은 적이 있었다.

문득 독고기상은 건곤음양도에 얽힌 전설이 무엇인지 기
억해 내고 해룡야사에게 손을 내밀었다.

"그걸 잠시 빌려주겠나?"

전설이 진짜인지 시험해 보려는 것이다.

도무탄 일행은 독고기상을 따라서 밤바람이 매서운 갑판
으로 나왔다.

무공을 익히지 않은 소진과 보화는 추위 때문에, 그리고 이
미 인사불성이 된 독고은한은 선실에 남았다.

해룡팔선은 해시(밤 10시경)가 넘은 늦은 시각인데도 운항

을 멈추지 않고 육중하게 강물을 가르고 있었다.

선미(船尾)의 널찍한 갑판에는 건양도를 움켜쥔 독고기상과 곤음도를 쥔 독고지연이 이 장의 거리를 둔 상태에서 마주 보고 서 있다.

도무탄과 소화랑, 해룡야사는 한쪽에 나란히 늘어서서 독고기상과 독고지연을 주시하고 있었다.

독고기상은 해룡야사에게 건곤음양도를 빌려서 무엇인가를 보여주려고 갑판으로 나온 것이다.

독고기상은 천하십대기병 중에서 건곤음양도가 지니고 있는 놀라운 능력을 직접 확인하고 또 그것이 사실이라면 모두에게 보여주려는 의도다.

"시작하자."

"네, 둘째 오라버니."

말과 함께 두 사람은 번쩍 서로를 향해 허공으로 비스듬히 쏘아가며 건양도와 곤음도를 휘둘렀다.

쏴아앙―

건곤음양도가 밤하늘에 그어지는 선을 따라서 기이한 도명(刀鳴)이 흐르며 두 줄기 무지개 같은 빛줄기가 마주 보며 부딪쳐 갔다.

건양도는 붉고 노란 두 가지 색이 어우러졌으며, 곤음도는 희고 검은 두 가지 색의 빛줄기다.

해룡야사는 눈을 커다랗게 뜨고 놀라는 얼굴로 그 광경을 바라보았다.

그들이 건곤음양도를 사용할 때는 빛줄기는커녕 아무런 변화도 일어나지 않았었다.

단지 공력을 주입하면 우르르… 하는 나직한 음향이든가 아니면 쩌르릉… 거리는 뇌성음 같은 것이 은은하게 나는 정도였다.

슈와아아—

독고기상과 독고지연은 약속이나 한 듯이 가문의 성명검법인 무영삼검 중에서 무영무린검을 전개했다.

무린, 즉 도의 비늘이 춤을 추는 듯한 광경이다. 건곤음양도가 만들어낸 그 무수한 비늘에 스치기만 해도 암석이나 쇠가 잘라지고 말 것이다.

두 사람은 무영무린검이라는 검법을 검보다 서너 배 무거운 도로 전개하는데도 전혀 무리가 없으며 보는 사람들의 눈을 현란하게 만들었다.

[시작한다.]

무영무린검을 세 번째 전개하면서 가상의 대결을 펼쳤다가 양쪽으로 물러나는 순간 독고기상이 독고지연에게 전음을 보내면서 건양도에 전신의 공력을 모두 주입했다.

그와 동시에 무영삼검 중에 또 다른 검법인 무영천중검(無

影天中劍)을 전개하여 독고지연에게 짓쳐갔다.

무영삼검의 앞에는 다 '무영'이라는 이름이 붙는데 큰 의미는 없다.

무영검가의 검법이기에 세 개 다 앞에 '무영'이 붙은 것이며, 각 검법의 마지막 초식만이 '무영'의 진짜 의미를 담고 있다. 보이지 않는 검법, 즉 무영인 것이다.

그러나 지금 독고기상이 전개하고 있는 것은 무영천중검의 이 초식 백락휘(白落揮)인데, 지금 그가 보여주려고 하는 것을 가장 잘 표현할 것 같아서 선택했다.

그는 번쩍 신형을 날려 허공으로 떠올라 독고지연에게 내려꽂히면서 건양도를 머리 위로 치켜세웠다.

번쩍!

순간 도무탄 등이 눈을 의심해야 하는 광경이 벌어졌다. 까마득한 밤하늘에서 번갯불 한 줄기가 급전직하 수직으로 내리꽂혀 건양도를 때렸다.

아니, 번갯불이 건양도에 흡수되는 것과 때를 같이하여 독고기상이 전방을 향해 맹렬하게 긋자 건양도에서 번개가 뿜어져 나갔다.

번쩍!

번개는 주위를 대낮처럼 눈부시게 밝히면서 독고지연의 머리 위 석 자 거리를 스쳐 지나 저 멀리 이십여 장 밖 수면에

꽂혔다.

꽈르르릉!

뒤이어서 고막을 떨어 울리는 뇌성벽력이 주위를 거세게 흔들었다.

말하자면 별들이 총총하게 떠 있는 캄캄한 마른하늘에서 난데없이 번개가 쳐서 지상으로 내려꽂히더니, 건양도를 통해서 도가 가리키는 방향으로 방향을 바꾼 것이다.

궁효와 해룡야사, 소화랑은 눈으로 보면서도 그게 도대체 어찌 된 영문인지, 그리고 어떻게 그런 게 가능한 것인지 도통 이유를 알지 못했다.

그러나 도무탄은 어렴풋이나마 어찌 된 일인지 짐작했다. 건양도가 밤하늘에서 번개를 치도록 유도하여 그것을 지상으로 이끌어서 표적을 향해 방향을 바꿔준 것이다.

밤하늘, 아니, 천공은 언제든지 번개를 만들어낼 수 있는 준비가 되어 있다. 거기에 그 요소들이 무궁무진하게 흩어져 있기 때문이다.

그랬다가 먹구름이 몰려들면 그것을 매개체(媒介體)로 하여 번개를 형성 지상으로 내려꽂힌다.

그러니까 건양도는 먹구름의 역할을 한 것이 분명하다. 밤하늘에 흩어져 있는 요소들을 버무려서 번개를 만들어 어디를 때리라고 조종을 한 것이다.

'굉장하다!'

도무탄이 번개를 만들어낸 오묘한 원리와 이치를 추리하고 내심 감탄하고 있을 때 두 번째 기적 같은 일이 벌어지기 시작했다.

이번에는 독고기상이 갑판에 우뚝 서 있고 독고지연이 밤하늘로 이 장 정도 비스듬히 솟구쳐 올라 곤음도를 머리 위로 뻗어 올리고 있었다.

도무탄과 궁효 등은 과연 이번에는 어떤 기절초풍할 광경이 벌어질는지 아연 긴장하여 눈도 깜빡이지 않고 독고지연을 주시했다.

휘오오오—

조금 전에 번개가 내려꽂혔던 밤하늘에서 이번에는 난데없이 귀곡성 같은 날카로운 바람 소리가 들렸다.

그리고 독고지연이 곤음도를 벼락같이 내리긋자 이번에도 가공할 광경이 펼쳐졌다.

쿠와아앙!

독고지연이 곤음도로 가리킨 독고기상의 머리 위로 바람 덩이가 무시무시하게 쏘아갔다.

바람덩이. 그렇게밖에는 표현을 할 수가 없다. 원래 바람은 사람 눈에 보이지 않는데 이 바람덩이는 보였다. 독고기상 머리 위의 사물, 즉 건너편에 있는 선실과 돛 등의 모습이 크게 이지러져서 보였다.

펑!

그리고 다음 순간 바람덩이가 이십여 장 밖의 수면에 떨어지더니 수면 위로 삼 장 이상 물기둥이 치솟았다.

척!

독고지연은 독고기상의 맞은편에 가볍게 내려섰다.

아직도 놀라움을 감추지 못한 도무탄과 궁효, 해룡야사, 소화랑이 두 사람에게 우르르 달려왔다.

독고기상과 독고지연은 건양도와 곤음도를 들어 올려 이리저리 살펴보면서 크게 감탄하는 표정을 지었다.

"형님."

"건양도. 전설로 전해지는 풍문만 들었을 뿐인데 정말 가공한 위력이로군."

도무탄이 참지 못하고 입을 열자 독고기상은 건양도에서 눈을 떼지 못하고 탄성을 흘렸다.

"건양도가 번개와 벽력을 일으킨다는 사실을 알고 있었나?"

독고기상은 반짝이는 눈빛으로 도무탄과 모두를 둘러보면서 물었다.

놀라움과 신기함으로 눈을 반짝이면서 도무탄이 대답했다.

"그게 전설인 줄만 알았지 실제로 그럴 수 있다는 사실은 몰랐습니다."

그는 두 팔을 벌리고 어깨를 으쓱해보였다.

"거 있잖습니까? 전설이나 신화라는 것들이 죄다 부풀려져서 원래는 바늘이었는데 나중에는 태산처럼 커져 버린 경우 말입니다."

"나도 조금 전까지는 자네처럼 뜬소문이나 허풍일 것이라고 생각했었지만 시험해 본 결과 건곤음양도의 전설은 사실로 밝혀졌네."

"조금 전에 어떻게 한 겁니까?"

모두가 궁금해하는 것을 도무탄이 물었다.

"간단하네. 건양도에 공력을 주입하여 하늘을 가리켰다가 부수고 싶은 목표물을 가리키면 되네. 단, 일 갑자 이상의 공력이 있어야만 하네."

"일 갑자……."

독고지연이 말을 받았다.

"곤음도 역시 마찬가지예요. 일 갑자의 공력을 주입하여 하늘을 가리키면 거센 바람이 만들어져서 도가 가리키는 표적을 부숴 버리지요. 시험해 보지는 않았지만 비를 부르는 것도 아마 같은 이치일 거예요."

독고지연과 독고기상은 각자의 도를 해룡야사에게 되돌려

주면서 격려해 주었다.

"배전의 노력을 기울여 일 갑자 공력을 이루어서 건곤음양도를 십분 활용한다면 어렵지 않게 쟁투십오급에 진입할 수 있을 뿐만 아니라 장차 대단한 활약을 펼칠 걸세."

"탄 랑에게 무진장 있다는 영물과 영초, 영약을 부지런히 복용하면 오래지 않아 일 갑자 공력이 되겠지요."

第四十一章

소림사(少林寺)

일행은 다시 선실로 돌아왔다.

"흠… 그렇다면 이번에는 화랑 네가 처남 앞에서 솜씨를 보여 봐라."

도무탄은 맞은편에서 술잔을 만지작거리며 이쪽을 보고 있는 소화랑에게 명령했다.

그는 이 기회에 정통무공을 익힌 독고기상과 독고지연에게 측근들의 실력을 제대로 평가받고 싶었다.

슥—

소화랑은 도무탄의 명령이 떨어지기 무섭게 일어나서 성

큼성큼 넓은 곳으로 걸어 나갔다.

그는 어깨에 메고 있는 석 자 길이의 칠흑처럼 새카만 짧은 봉, 즉 단봉(短棒)을 오른손에 쥐었다.

그는 도무탄의 소개로 태원성의 광숙에게 창술을 배웠는데 창이 아닌 단봉을 무기로 꺼낸 것이 이상했다.

"염치없는 부탁 하나 해도 되겠습니까?"

그런데 소화랑이 펼쳐 보이라는 솜씨는 보이지 않고 도무탄에게 공손히 부탁했다.

그는 아래턱이 뾰족하고 더벅머리에 쭉 찢어진 날카로운 눈매를 지닌 용모인데, 도무탄의 소개로 그동안 태원성 외곽의 광숙에게 가르침을 받으면서 어떤 식으로 뭘 배웠는지 모르지만 눈빛이 더욱 날카로워져서 마치 한 마리 독사의 눈을 보는 것 같았다.

그래서 아무리 공손한 태도를 취해도 절대로 공손하게 보이지 않았다. 공손함과 독사는 원래 어울리지 않는다.

"뭐냐?"

"저분과 겨뤄보고 싶습니다."

"누구? 처남 말이냐?"

"그렇습니다."

어이없게도 소화랑이 단봉을 쭉 뻗어서 가리킨 사람은 독고기상이었다.

그런데 그의 말에 어이없다는 표정을 지은 사람은 독고지연과 보화 두 사람뿐이다.

도무탄이나 궁효, 해룡야사, 더구나 당사자인 독고기상은 그것을 전혀 예상하지 못했는데도 전혀 놀라거나 어이없는 표정을 짓지 않았다.

도무탄은 빙그레 미소 지으며 독고기상을 쳐다보았다.

"괜찮겠습니까?"

슥—

보통 사람들 같으면 모욕을 당했다고 몹시 불쾌하게 생각할 텐데 독고기상은 표정의 변화도 없이 벌떡 일어섰다.

"괜찮다뿐인가? 무공은 싸움을 거듭할수록 점차 강해지는 걸세."

도무탄은 소화랑을 향해 성큼성큼 걸어가는 독고기상의 뒷모습을 바라보면서 방금 그가 했던 말과 같은 말을 했었던 친구의 모습을 떠올렸다.

소연풍, 그도 그런 말을 했었다.

소진은 저만치 넓은 곳에 서로 대치하고 있는 소화랑과 독고기상을 보면서 몹시 긴장하고 겁먹은 표정으로 오들오들 떨었다.

겁이 많은 성격이라서 소화랑이 다칠까 봐 염려하는 것인데 끝내 고개를 돌려 외면하고 말았다.

"괜찮다."

슥—

도무탄은 소진을 가볍게 안아서 무릎에 앉혔다.

"두 사람 중에 어느 누구도 다치는 일은 없을 것이다."

슝—

독고기상은 어깨의 검을 뽑았다. 맨손으로도 충분히 소화랑을 상대할 수 있지만 그를 존중해 주는 의미에서 검을 뽑은 것이다. 그렇지만 아마 사용할 일은 없을 터이다.

소화랑은 정식으로 무술을 배우기 시작한 지 두어 달 남짓밖에 안 됐으므로 공력 면에서는 해룡야사하고 비교할 바가 못 된다.

그러나 무기로 싸우는 경우에는 공력이 별다른 역할을 해 주지는 않는다.

공력을 바탕으로 검풍이나 검기를 만들어서 발출하는 것이 아니라면, 무기끼리의 싸움이란 결국 누가 먼저 찌르고 베느냐에 달려 있는 것이다.

그렇기 때문에 좋은 검법이고 훌륭한 도법, 혹은 창술이라고 하는 것은 얼마나 빠르게 상대를 제압하느냐에 달려 있다.

"공격하게."

독고기상은 오른손의 검을 비스듬히 바닥을 향해 늘어뜨리고 소화랑을 응시하며 담담히 말했다.

휘익!

그 순간 정면 이 장 거리에 서 있던 소화랑이 갑자기 전력으로 몸을 날리면서 수중의 단봉을 쭉 뻗으며 독고기상의 가슴을 찔러왔다.

갑작스러운 급습이지만 독고기상은 조금도 놀라지 않고 경쾌한 보법을 밟으면서 옆으로 반걸음 살짝 비켜서며 상체를 비틀었다.

고수일수록 큰 동작으로 멀찍이 피하는 것을 즐겨하지 않고 아슬아슬하게 피한다.

멀찍이 피하게 되면 반격을 가할 때 피한 거리만큼 다시 거리를 좁혀야 하니까 손해다.

또한 멀리 피하는 것은 겁을 먹은 것 같아서 다른 사람들 눈에도 좋아 보이지 않는다.

그런 점에서 독고기상도 예외는 아니다. 그러나 그가 반걸음 피한 동작은 오랫동안 몸에 밴 습관 때문이지 반격을 하려는 것은 아니다.

지금은 아직 시작일 뿐이니까 조금 더 소화랑의 공격을 지켜볼 생각이다.

그의 계산대로라면 소화랑이 찔러오는 단봉은 왼쪽 어깨

옆 두 치 거리로 스쳐 지날 것이다.

만약 지금 독고기상이 반격을 가한다면 소화랑은 최초의 공격이 끝나기도 전에 쓰러지고 말 것이다.

독고기상의 반격이 어째서 성공할 수밖에 없느냐면, 고수들이 흔히 말하는 '일수유활용(一須臾活用)의 법칙' 때문이다.

일수유를 얼마나 적절하게 활용하느냐는 것이 바로 '일수유활용의 법칙' 이다.

일수유란 손가락 한 번 튕기는 정도의 짧은 시간이며, 그 일수유 안에 얼마나 많은 동작을 취할 수 있느냐에 따라서 싸움의 승패가 갈린다.

일수유에 한 동작을 하는 사람과 두 동작을 할 수 있는 사람의 싸움에선 무조건 두 동작을 하는 사람이 이긴다. 아니, 한 동작 반이라도 하면 이기게 되어 있다. 싸움에서 조금이라도 빠른 사람이 이기는 것은 당연하다.

소화랑을 보진급 수준이라고 쳐준다면 그는 일수유에 잘해야 한 동작이 고작일 것이다. 그것도 대단한 것이다. 손가락 한 번 튕길 순간에 한 동작을 취한다는 것이 어디 말처럼 쉬운 일이겠는가.

하지만 일상급 수준인 독고기상은 일수유 동안에 최고 세 동작까지 취할 수 있다.

그러니까 싸움은 '일수유활용의 법칙' 이 최대의 관건이라고 할 수 있다.

슈욱!

"......!"

그런데 당연히 자신의 왼쪽 어깨 옆으로 스쳐 지날 것이라고 믿었던 단봉이 또다시 가슴 한가운데를 찔러오자 독고기상은 움찔 가볍게 놀랐다.

일수유에 한 동작을 취하는 것도 간신히 할 것이라 예상했던 소화랑이 두 동작을 취하고 있는 것이다.

첫 동작에 단봉으로 가슴을 찔렀는데 독고기상이 피하니까 재차 가슴을 찔러왔다.

어쩌면 그것은 독고기상이 피할 것이라 예상하고 아예 첫 동작을 완성하지 않고 반 동작만을 취한 상태에서 두 번째 동작으로 넘어간 것인지도 모른다.

아니, 그건 아니다. 독고기상이 오른쪽으로 반걸음 피할 것이라는 사실을 어떻게 미리 짐작하고 정확하게 재차 가슴을 찌를 수 있다는 말인가.

만약 독고기상이 왼쪽으로 피했다면 두 번째 공격은 허탕을 치고 말 것이다.

그러니까 이 공격은 예측이 아니라 눈으로 뻔히 보면서 했다는 뜻이다.

독고기상은 오른쪽으로 반걸음 피하던 도중에 두 번째 공격을 당하게 되자 이번에는 같은 방향으로 크게 한 걸음 띄어서 단봉을 피했다.

조금씩 슬쩍슬쩍 피하는 것이 귀찮으니까 아예 확실하게 피해주려는 것이다.

그런데 그게 실수로 이어졌다. 반걸음과 한 걸음의 차이는 아주 크다. 반걸음보다 한 걸음을 피하는 것이 더 오래 걸린다. 아주 미미하지만 분명한 차이가 있다.

슈욱!

그렇게 해서 그가 한 걸음을 피할 때 소화랑의 세 번째 공격이 또다시 가슴을 찔러왔다.

독고기상은 방심했으며 소화랑을 과소평가했다. 소화랑은 일수유에 최대 두 동작을 취할 수 있는데, 지금 일수유에 세 동작을 하는 독고기상을 궁지로 몰아넣고 있으며 그 이유라는 것이 참으로 간단명료하다.

소화랑의 숨 쉴 틈 없이 휘몰아치는 공격이 독고기상의 '일수유 세 동작'을 모두 피하는 동작으로 사용하도록 만들었기 때문이다.

소화랑이 일수유에 두 동작을 한다는 것도 놀라운 일이다. 그 정도라면 초절일이삼 이급(二級)의 중급, 즉 이중급(二中級)쯤 돼야 가능한 일이다.

그렇다면 다른 것은 몰라도 빠르기 하나만 볼 때 소화랑은 이중급 수준이라는 얘기다.

슈슉!

소화랑은 그림자처럼 따라붙으면서 집요하게 쉬지 않고 단봉 공격을 퍼부었다.

소화랑이 선기(先期)를 잡고 숨 쉴 틈 없이 공격하고 있는 상황에서는 일수유 세 동작의 독고기상이라도 어떻게 해볼 도리가 없다.

바로 이런 상황에서 공격 두 동작과 방어 세 동작이 동일하다는 식이 성립된다.

공격을 하는 데에는 시간이 좀 더 짧게 소요되고, 반대로 방어를 하는 데는 시간이 더 소요되기 때문이다.

그래서 방어를 하는 데 한 동작을 더 잡아먹는다. 그렇기 때문에 싸움에 임하면 누구라도 선기를 잡으려고 기를 쓰는 것이다.

소화랑은 기가 막히게 정교한 보법을 밟으면서 공격하고 있다. 쓸데없는 군더더기가 일체 없으면서도 오로지 공격만을 위한 깔끔한 보법이다.

독고기상도 가문의 무영미종보(無影迷從步)를 밟으며 전후 좌우로 피하고 있다.

보법이라는 것은 일정한 공간 내에서 사용하는 것이며, 지금 같은 상황에서는 일 장 이내에서 공격과 방어가 이루어지기 때문에 독고기상으로서는 아무리 고수라고 해도 보법만으로는 공격권에서 벗어나는 것이 어렵다.

소화랑의 단봉은 석 자 남짓 길이에 끝이 뭉툭해서 거기에 찔린다고 해도 다칠 것 같지는 않았으나 자존심은 크게 다칠 듯했다.

독고기상이 지금 상황을 반전시키려면 두 가지 방법을 사용해야 한다. 하나는 검을 사용해서 소화랑의 공격을 차단하는 것이고, 또 하나는 경공술을 전개하여 공격권에서 벗어나는 것이다.

그러나 검을 사용하면 자칫 소화랑이 다칠 수도 있으니 경공술로 멀찍이 물러나는 것이 좋다.

탓—

소화랑의 아홉 번째 단봉 찌르기 공격이 전개될 때 독고기상은 발끝으로 바닥을 살짝 박차며 뒤로 훌쩍 날아갔다.

휘익!

그 순간 소화랑은 전력으로 몸을 날리면서 단봉을 힘껏 찔렀다.

그러나 허공으로 붕 떠서 물러나고 있는 독고기상은 단봉으로부터 빠르게 멀어져갔다.

치잉!

그때 갑자기 날카로운 음향이 나더니 단봉 끝에서 화살 같은 것이 튀어나갔다.

"......?"

독고기상은 단봉 끝에서 날카롭고 뾰족한, 그리고 반짝이는 물체가 자신이 뒤로 물러나는 속도보다 배 이상 빠르게 쏘아 오는 것을 보고 움찔 놀랐다.

그는 소화랑이 느닷없이 암기를 사용할 줄은 추호도 예상하지 못했다.

암기는 비열한 수단인 동시에 지금처럼 생사를 걸지 않은 친선적인 대결에서는 절대로 사용해서는 안 된다.

결국 그는 검을 사용할 수밖에 없게 되었다. 상대가 암기까지 사용하는데 검을 사용하지 않을 이유가 없다.

창!

검을 사용하겠다고 결정한 순간 이미 그의 검은 자신의 가슴 한복판으로 쇄도하고 있는 화살의 옆을 짧게 후려쳐서 왼쪽으로 퉁겨냈다.

그리고 이왕 검을 사용한 것 아예 소화랑을 굴복시켜야겠다고 생각했다.

쉬이—

그런데 왼쪽 측면에서 파공음이 나면서 뭔가 쏘아왔다. 힐끗 쳐다보니까 방금 쳐냈던 화살이다.

아니, 화살이 아니다. 화살처럼 생긴 것이 소화랑의 단봉으로 이어져 있었다.

그것은 한 자루 긴 장창이었다. 어느새 단봉이 장창으로 변해 있었다.

그러고 보니까 조금 전에 치잉! 하는 것은 단봉이 길게 늘어나면서 내는 소리였다.

석 자 남짓했던 단봉이 지금은 족히 여덟 자 정도로 늘어났다. 그뿐만이 아니라 장창(長槍)의 끝부분 두 자쯤은 손가락 두께만큼 가늘며 그 끝에 삼각의 날카로운 창날이 달려 있었다.

창날은 길이가 무려 한 뼘에 가까웠으며 끝은 바늘처럼 뾰족하고 양쪽의 날은 칼날처럼 예리했다.

그런데 지금 독고기상의 얼굴 옆면을 향해 쏘아오고 있는 것은 창끝의 정면이다.

그의 정면에 있는 소화랑이 창으로 후려치는 것이라면 창날이 베어와야 하는데, 그게 아니라 화살처럼 창끝이 얼굴 옆면을 향해 쏘아왔다.

그런 것이 가능한 이유는 장창의 끝부분 두 자가 가늘고 낭창낭창 잘 휘어지기 때문이다.

그래서 소화랑이 어떤 식으로 힘을 주면서 조종을 하느냐에 따라서 창날로 상대를 벨 수도 있고 창끝으로 찌를 수도 있는 구조다.

그러니까 지금 소화랑의 오른손에 굳게 쥐어져 있는 장창은 오른쪽으로 크게 포물선을 그리며 곡선으로 굽어져서 창 끝이 독고기상을 찔러가고 있는 양상이다.

독고기상은 놀랐다. 처음에는 소화랑이 일수유에 두 동작을 취하는 것에 놀랐으며, 이제는 단봉이 장창으로 화해 측면에서 찔러올 수도 있다는 사실에 놀랐다.

그런데 한순간 독고기상은 왼쪽에서 똑바로 쏘아오는 창의 끝을 보다가 그것이 마치 한 마리 까마귀가 정면에서 날아오는 것 같은 모습이라는 생각이 들었다.

그러나 싸움은 여기까지다. 그는 소화랑하고 더 놀아주고 싶은 마음이 사라졌다.

스웃―

허공에 뜬 상태에서 뒤로 물러나고 있던 독고기상의 몸이 바닥으로 뚝 떨어지는가 싶더니 소화랑에게 귀신처럼 빠르게 쏘아가 찰나지간에 코앞에 이르렀다. 반 호흡 만에 이루어진 반전이다.

탁!

독고기상은 깜짝 놀라는 소화랑의 오른손 손목을 왼손으로 가볍게 때려서 장창을 놓치게 만들고는 어느새 그것을 손 안에 넣었다.

싸움은, 아니, 대결은 거기에서 끝났다. 대결이 시작되고 네 호흡쯤 지나서다.

다른 사람들이 보기에는 소화랑이 급습을 했고, 독고기상이 여유 있게 슬렁슬렁 피하는 것 같다가 돌연 소화랑의 장창을 뺏어서 싸움을 끝낸 것처럼 보였다.

하긴 실제로도 그랬다. 독고기상이 약간 놀랐던 것을 제외하면 말이다.

"좋은 솜씨였네."

독고기상은 소화랑에게 창을 돌려주면서 칭찬했다.

"고맙습니다."

소화랑은 공손하게 두 손으로 창을 받았으나 표정이나 눈빛으로 봐선 조금도 고마워하지 않는 것 같았다. 오히려 기분이 나쁜 것처럼 보였다.

사실 그는 자신이 전력을 다하면 독고기상을 이길 수도 있을 것이라고 믿었다.

그랬는데 너무 어이없게 져버리니까 도저히 승복하고 싶은 마음이 생기지 않았다.

그것은 그가 천성적으로 호승심(好勝心)이 강하고 또 지고는 못 사는 성격을 타고 났기 때문이다.

더구나 그는 두어 달 동안 광숙이 지니고 있는 창술의 모든 것을 다 배웠다.

광숙도 더 이상 가르칠 것이 없다고 말했다. 초식이나 동작, 변화에 대해서는 다 가르쳤으며 소화랑의 익히는 속도가 지나칠 정도로 빠르다고 칭찬했었다.

다만 천 리 길에 이제 처음 일 리를 갔으니까 앞으로 구백구십구 리가 남았다고 광숙이 덧붙였다.

소화랑은 자신이 배운 창술 질풍광창(疾風狂槍)을 숙달시키느라 단 하루도 잠을 제대로 잔 날이 없었다.

그랬었기 때문에 자신의 실력에 대해서 지나칠 정도로 자신만만한 상태였다. 누구든지 싸우기만 죄다 무찌를 수 있을 것만 같았다.

그것은 과도한 자만심으로 무술에 입문하는 사람이라면 어느 누구라도 겪어야 하는 통과의례 같은 것이지만 소화랑 같은 경우는 유달리 그게 강했다.

칭!

소화랑이 장창의 어딘가를 만지니까 작은 음향을 내면서 원래의 길이, 즉 단봉으로 환원되었다.

독고기상은 술자리로 돌아오면서 문득 소화랑의 창도 전설적인 무기일지 모른다는 생각이 들었다. 단봉이 장창이 되고 또 창끝이 낚싯대처럼 휘어지는 것을 보면 범상한 무기가 아닌 것 같았다.

"혹시 저 창에도 어떤 내력이 있는 것인가?"

독고기상이 자리에 앉으면서 묻자 도무탄이 술을 가득 부은 술잔을 내밀며 벙긋 미소 지었다.

"아마 그럴 겁니다."

궁효가 대신 설명했다.

"흑수오(黑首鳥)라는 이름의 창입니다."

"흑수오!"

"저게 그 흑수오라고요?"

독고기상과 독고지연 남매가 놀란 얼굴로 동시에 외치며 소화랑의 단봉을 쳐다보았다.

"그렇습니다."

"맙소사… 또 다른 천하십대기병이라니……."

"흑수오도 천하십대기병입니까?"

도무탄이 의아한 얼굴로 묻자 독고기상은 기가 막힌다는 표정을 지었다.

"자넨 그것도 모르고 구입했다는 말인가?"

"하하! 그런 것 모으는 것이 취미라서요."

독고지연이 도무탄의 어깨에 기대며 끼어들었다.

"탄 랑은 친구인 무적검룡 소연풍에게 칠성검을 선물로 주었는데, 둘째 오라버니, 혹시 칠성검도 천하십대기병 중에 하나인가요?"

독고기상은 무적검룡이 도무탄의 친구라는 사실에 크게

놀랐고, 그에게 칠성검을 주었다는 사실에 더욱 놀랐다.

칠성검은 오룡검과 더불어 '천하무쌍검'이라 불리고 아울러 두 검은 천하십대기병에도 올라 있다.

천하십대기병에는 다섯 자루의 검과 세 자루의 도, 한 자루의 창과 한 자루의 활이 들어 있다.

두말할 것도 없이 천하십대기병을 소유하는 것은, 아니, 평생에 단 한 번 만이라도 손에 만져 보는 것은 모든 무림인이 살아 있는 동안에 내내 가슴에 품고 있는 간절한 희원일 것이다.

"물론이다! 천오백여 년 전에 보적선인이 주조(鑄造)한 칠성검은 명검 중에서도 명검이다!"

독고기상은 자신도 모르게 흥분하여 목소리가 커졌다.

"칠성검을……."

그는 경악하면서도 아쉬운 마음을 금치 못했다. 그는 검법을 익혔으므로 건곤음양도나 흑수오 같은 무기는 별 관심이 없지만 칠성검 같은 명검 얘기만 나오면 가슴이 뜨거워져서 견디기가 어려웠다.

"탄 랑은 소녀의 친구가 된 녹상에겐 오룡검을 주었어요. 그 검도 천하십대기병이겠죠?"

"오룡검이라고?"

칠성검과 더불어서 천하무쌍검이라 불리는 오룡검이 어째

서 천하십대기병에 들지 않겠는가. 독고기상은 그저 안타깝게 한숨만 나올 뿐이다.

"자네 설마 천하십대기병을 전부 다 갖고 있는 것은 아니겠지?"

절대 그럴 리는 없지만 하도 어이가 없어서 그런 말이 저절로 나왔다.

"아마 그런 것 같습니다."

"아마 그런 것 같다니……."

독고기상의 눈이 커다래졌고 목소리가 가볍게 떨렸다.

"궁효, 내가 가져오라고 한 것을 다오."

도무탄의 말에 독고기상은 물론이고 독고지연도 어리둥절한 표정을 지었다.

궁효는 일어나서 한쪽의 탁자 위에 놓여 있는 흑백의 길쭉한 나무 상자 두 개를 조심스럽게 들고 와서 도무탄에게 건네주었다.

"에… 또… 이게 형님 것이고 이게 연아 것이로군."

도무탄은 흑백의 상자가 헷갈리는지 잠시 허둥거리는 것 같더니 백색 상자를 독고기상에게, 흑색 상자는 독고지연에게 주었다.

"소제의 작은 성의입니다."

"이… 게 뭔가?"

독고기상은 어쩌면 이것이 천하십대기병의 하나일지 모른 다는 생각이 들었다.

그가 알고 있는 도무탄은 그러고도 남을 사람이다. 그래서 자신도 모르게 목소리가 벌벌 떨렸다.

"이게 뭐였지?"

독고기상의 바들바들 떨리는 두 손에 올려져 있는 백색 상 자를 가리키면서 도무탄이 궁효를 보며 물었다.

"그것은 천지용봉검(天地龍鳳劍) 중에 천룡검(天龍劍)일 겁 니다."

독고기상의 입에서 거품이 나오려고 했다.

"처… 천룡검……."

도무탄은 독고지연에게 준 흑색 상자를 가리켰다.

"그럼 이게 지봉검(地鳳劍)이겠군."

"그렇습니다."

천하무쌍검인 칠성검과 오룡검에 견주어 추호의 손색이 없는 검이 바로 천지용봉검 천룡검과 지봉검이다. 물론 천하 십대기병에 속한다.

"열어보십시오, 형님."

도무탄이 말했으나 독고기상은 감히 상자를 열지 못하고 부들부들 떨리는 두 손으로 들고만 있다가 갑자기 허리를 굽 혀 상자에 엎어지며 울음을 터뜨렸다.

"으헉… 크흐흑!"

독고지연은 흑색 상자를 가슴에 꼭 안고 눈물을 흘리다가 도무탄에게 와락 달려들어 뜨겁게 입을 맞추었다.

"탄 랑… 사랑해요……."

술이 많이 취한데다 천지용봉검 때문에 크게 감동한 그녀는 도무탄의 목을 끌어안고 입을 맞추면서 그의 혀를 휘감으며 빨아댔다.

도무탄의 무릎에, 아니, 정확하게 음경 위에 올라앉아 있는 소진은 고개를 돌려서 그 광경을 바라보면서 배시시 미소를 지었다.

존경하는 도무탄에게 사랑하는 여자가 생기고, 그가 그녀와 뜨겁게 입맞춤을 하는 모습이 어린 그녀가 보기에도 좋았다.

그런데 그때 소진의 궁둥이 아래에서 뭔가 꿈틀거렸다. 그것은 마치 깔고 앉은 커다란 문어가 꼼지락거리는 것 같은 느낌이다.

그러더니 잠시 후에는 그것이 매우 단단하게 커져서 소진의 조그만 둔부의 계곡을 지그시 찔렀다.

독고지연의 격렬한 입맞춤을 받고 있는 도무탄의 그것이 정직하게 반응을 하고 있는 것이다.

소진은 바보가 아닌 이상 그것이 무엇인지 그리고 왜 커졌는지 알아차렸다.

하지만 그녀는 얼굴을 붉히면서 사르르 고개를 숙일 뿐 그대로 가만히 있었다.

술자리가 끝난 후 독고지연은 술이 엉망으로 많이 취했지만 이대로 그냥 자고 싶지 않았다.

얼마 만에 그리고 어떤 우여곡절 끝에 도무탄을 다시 만났는데 그냥 잔다는 말인가. 말도 안 되는 일이다.

그런 심정은 도무탄도 마찬가지여서 두 사람은 옷을 활활 벗어던지고 뜨겁게 사랑을 나누었으며 나중에는 지쳐서 둘이 꼭 안고 잠이 들었다.

분명히 그랬었는데 아침에 깨어나 보니까 침상에 두 명이 더 있었다.

소진하고 독고은한이다. 간밤에 도무탄과 독고지연이 사랑을 나눌 때도 그녀들이 그곳에 있었는지 어쨌는지는 알 수가 없는 일이다.

더구나 그녀들이 거기에 있다는 사실을 깨닫게 된 계기가 또 야릇했다.

이른 아침에 어렴풋이 잠이 깬 도무탄이 독고지연의 몸을 더듬다가 흥분했고, 그래서 한바탕 정사를 나누었는데 그 과정에 뭔가 발에 거치적거렸고, 그래서 침상에 다른 사람들이 있다는 사실을 깨닫게 된 것이었다.

*　　　*　　　*

청원포구를 출발한 해룡팔선은 순조롭게 이십 일 후에 낙
양에 도착했다.

황하에서 낙수(洛水)를 삼십여 리 정도 남서쪽으로 거슬러
오르면 낙양 남쪽 낙수와 윤수(潤水)가 합류하는 두물머리인
하남포구(河南浦口)에 이른다.

도무탄의 명령을 받고 앞서 낙양에 온 외방주 천유공과 내
방주 백선인, 기방주 한매선은 그동안 하루를 사나흘처럼 바
쁘게 움직인 결과 처음에 계획했던 것보다 세 배 이상의 성과
를 올렸다.

외방주 천유공은 하남포구에 무진운행(無盡運行)이라는 번
듯한 운수업체를 설립했다.

운수업은 마차나 수레를 이용하여 육상으로, 그리고 배를
이용하여 강이나 바다로 다량의 화물을 원하는 지역으로 옮
겨주고 운임을 받는 사업이다.

무진운행은 천유공이 알아서 자기 뜻대로 지은 이름인데
'무진'이란 도무탄의 별호인 '무진장'을 가리키는 것이다.
즉 끝없이 어마어마하다는 뜻이다.

무진운행은 그동안 거선을 열다섯 척 사들였으며 현재도 좋은 배 몇 척을 사려고 추진 중이며, 세 척을 건조해 달라고 선창(船廠:조선소)에 주문해 두었다.

일단 무진운행은 하남포구에 전용포구를 마련했으며, 보유 중인 열다섯 척의 거선 중에서 아홉 척이 화물을 싣고 강이나 바다로 나가 있고, 이백여 대의 마차와 수레 거의 대부분이 운송에 투입된 상황이다.

개업 초기에 이 정도 성과를 내고 있다면 성공적이라고 할 수 있을 터이다.

태원성을 중심으로 산서성 전역에 칠백여 개의 대형 점포를 총괄하고 있는 내방주 백선인의 낙양에서의 활약은 눈부시다고 표현할 수 있다.

낙양은 태원성하고는 비교할 수 없을 정도로 거대한 대도(大都)이며 역조의 고도(古都)이다.

낙양의 면적은 태원성에 비해서 세 배, 놀랍게도 인구는 이십 배 무려 이십 배나 더 많다.

낙양에 첫발을 디딘 백선인은 말 그대로 물 만난 물고기가 됐다.

그가 이곳에 도착하여 보름 동안 한 일은, 믿을 만한 낙양 토박이 여러 명을 수하로 끌어들여서 그들을 통해 낙양에서 가장 장사가 잘되는 점포들에 대해서 면밀하게 조사를 시도

한 것이었다.

그 결과 여러 업종의 점포 칠십육 곳을 선별했으며, 그때부터 집중적으로 그 점포들에 대해서 무차별적이고 치밀한 매입에 들어가 현재까지 열아홉 개의 점포를 사들였으며, 약간의 내, 외부 수리를 거쳐서 그중 열다섯 곳이 장사를 개시했고, 나머지 네 곳은 아직 수리중이다.

낙양에서 가장 장사가 잘되는 칠십여섯 곳 중에서 사들인 열아홉 곳을 제외한 오십칠 개의 점포에 대해서는 현재도 줄기차게 매입을 추진하고 있다.

칠십여섯 곳을 찍었다고 해서 깡그리 다 매입한다는 것은 불가능하다.

제아무리 시세보다 몇 배의 돈을 지불한다고 해도 주인이 팔지 않겠다고 똥고집을 부리면 그만인 것이다.

그래서 백선인은 칠십여섯 개의 점포 중에서 절반 정도만 사들이면 성공이라고 생각했다.

그는 낙양에서 건물을 사들여서 새로 점포를 낼 생각은 애당초 하지 않았다.

이미 풍부한 경험을 가득 지니고 있는 백선인은 장사가 잘되는 점포는 그럴 만한 여러 요인을 두루 갖추고 있기 때문이라는 사실을 알고 있다.

그리고 장사로써 돈을 벌려면 기존에 장사가 잘되는 점포를 사들여서 점포 크기를 서너 배 더 확장하여 재개업하는 것이 손쉬울뿐더러 절대로 실패하지 않는다는 사실을 경험을 통해서 너무도 잘 알고 있다.

기방주 한매선이 낙양에 와서 제일 먼저 한 일은 낙양의 권력자들을 포섭하는 일이었다.

권력자들치고 돈 싫어하고 여자 멀리하는 자는 결단코 없는 법이다.

지난 오십여 일 동안 한매선은 낙양 최고의 권력자들, 즉 낙양성주(洛陽城主)를 비롯하여 하남성 전역을 관장하는 포정사(布政司), 하남성에 주둔한 삼만 군사의 우두머리인 도지휘사(都指揮使), 법과 벌에 대한 절대적 위치에 있는 순검사(巡檢使) 등을 만나서 완전히 자신의 편으로 만들었다.

곡식이 잘 자라게 하려면 씨를 뿌리기 전에 땅을 잘 고르고 거름을 듬뿍 주는 것이 우선이다. 한매선이 권력자들을 포섭하는 것은 일명 '터다지기' 인 것이다.

포섭에 공을 들이다 보니까 정작 그녀의 본업인 기루와 주루를 운영하는 일은 소홀할 수밖에 없었다.

그나마 낙양 남쪽 하남포구에서 가장 성업 중인 기루 하나를 시세보다 세 배 더 주고 매입하여 닷새 전부터 재개업을 시작한 것이 다행한 일이다.

그러나 그녀가 권력자들에게 공을 들이는 일은 결코 헛일이 아니다.

그녀가 새로 사귄 친구의 막강한 권력의 힘을 외방주 천유공과 내방주 백선인은 이미 짭짤하게 맛을 보았다.

천유공이 무진운행을 설립하는 것과 하남포구에 전용포구를 마련하는 일, 낙양 터줏대감들의 강력한 텃세를 물리치는 일들을 모두 한매선의 친구들이 알아서 해주었다.

백선인이 점찍은 점포를 돈으로 처발라도 매입하기가 어려우면 관리들이 찾아가서 껄떡거린다든지 아니면 군사들이 한두 번 엄포를 놓으면 웬만한 주인들은 두 손을 저으면서 점포를 팔았다.

태원성 기녀들의 여왕 한매선의 활약은 아직 본격적으로 시작되지 않았다.

낙양에 도착한 도무탄 일행은 한매선이 하남포구에 개업한 기루 염저루(艶姐樓)에서 묵었다.

'염저(艶姐)'란 아리따운 누나, 혹은 고운 누이라는 뜻이니 염저루는 예쁜 누이들이 있는 기루인 것이다.

도무탄은 염저루에서 보름 동안 더 기거하면서 몇 가지 일들을 계획하고 또 실행하였다.

*　　　*　　　*

따사로운 양광이 대지를 비추는 초봄의 어느 날 정오가 조금 지난 시각, 숭산(嵩山) 남쪽의 등봉현(登封縣)에 도무탄이 들어섰다.

혼자 걸어서 등봉현으로 들어온 그는 산뜻한 비단 백삼 차림에 멋진 가죽 구두를 신었으며, 손에는 접은 부채를 쥐고 있는 모습이 영락없는 부잣집의 글 읽는 서생 같았다.

태원성에서 소림사 십팔복호호법 열다섯 명을 죽인 지 벌써 사십 일 가까이 됐다.

도무탄이 낙양에서 입수한 몇 가지 정보에 의하면 소림사는 열흘 전에 십이옥룡승(十二玉龍僧)과 사십팔복마승(四十八伏魔僧)을 출두시켰다고 한다.

물론 권혼을 지니고 있는 도무탄을 잡기 위해서다. 그리고 거기에서 독고지연도 자유롭지 못할 것이다.

십이옥룡승은 십팔복호호법보다 두 단계 위의 무승이고, 사십팔복마승은 소림사가 전적으로 사마외도(邪魔外道)들을 처단하기 위해서 키운 무승들이다.

그들을 출동시켰다는 것은 도무탄을 사마외도와 동일시한다는 뜻일 것이다.

그리고 소림사는 구대문파 중에서 인근의 문파들인 무당파(武當派)와 화산파(華山派), 아미파(峨嵋派)에 협조를 요청했다고 한다.

도무탄은 붐비는 등봉현 거리를 따라서 걷다가 제일 먼저 눈에 띄는 주루에 들어가서 늦은 점심 식사를 한 후에 다시 거리로 나섰다.

그는 수중에 아무것도 지니지 않았으며 여비로 갖고 온 은 자 몇 냥이 전부다.

지금부터 소림사로 찾아갈 것이기 때문에 세상에서는 필 요한 물건이라고 해도 소림사에서는 쓸데없을 것이다.

등봉현은 소림사가 있는 숭산 남쪽에서 가장 크고 근처 오 십여 리 이내의 유일한 현이라서 언제나 많은 사람으로 붐비 고 있다.

그는 사람들에게 소림사로 가는 길을 물어서 일각 후에 숭 산 남쪽 기슭에 이르렀다.

숭산과 소림사는 천하에 유명한 명산대찰(名山大刹)이고 지금은 대낮이라서 소림사로 오르는 넓은 길에 제법 사람이 많았다.

대부분 오르는 사람이고 이따금씩 내려오는 사람이 하나 둘 보였다.

사람의 절반 이상이 소림사에 불공을 드리러 가는 백성이 고 나머지는 유람객이나 장사치, 그리고 떠돌이 유랑승(流浪 僧)들이다.

도무탄은 급하지 않기에 뒷짐을 지고 천천히 걸어 올라
갔다.

그때 마침 그를 스쳐 지나 앞질러 가는 승려가 있어서 그를
불렀다.

"소림사까지 얼마나 걸리오?"

그러자 앞서 바삐 걸어가던 승려가 걸음을 멈추고 뒤돌아
서서 오른손을 펴서 가슴 앞에 세웠다.

"아미타불… 빠르게 걸으면 한 시진이고 유람하면서 걸으
면 두 시진이오."

이십이삼 세 남짓의 나이고, 보통 키에 여린 체구, 희고 뽀
얀 얼굴에 남자치고는 유난히 큰 눈에 붉은 입술을 지닌 귀족
적인 용모의 청년승이다.

"선승(禪僧)께선 소림사에 무슨 일로 가시오?"

도무탄은 청년승과 나란히 걸었다.

"빈승은 소림사의 승려외다."

청년승은 문득 걸음을 멈추더니 오른손을 세우고 정중하
게 말했다.

"빈승은 소림의 혜원(慧遠)이오."

도무탄은 마주 포권을 했다.

"도무탄이오."

"도 시주였구려."

그때부터 두 사람은 이런저런 얘기를 나누면서 산길을 오르기 시작했다.

소림승려 혜원이 말했던 것처럼 대화를 나누면서 유람하는 것처럼 걸은 두 사람은 두 시진이 조금 못 돼서 소림사에 거의 도착했다.

대화를 나눠보니까 혜원은 매우 유순하고 선하며 자비로운 성품이었다.

그리고 무기를 지니지 않았고 전혀 무술을 배운 기미가 보이지 않아서 무승은 아닐 것이라 생각했다.

"무슨 걱정이 있소?"

혜원이 아까부터 자주 한숨을 내쉬고 얼굴에 근심이 가득한 것 같아서 도무탄이 물었다.

"아… 별일 아니오."

혜원은 속내를 들킨 것에 적잖이 당황해서 손사래를 치며 부인했다.

"자칫하면 내려가시는 도중에 어두워질 테니 구경은 서두르는 편이 좋겠소."

혜원은 도무탄이 산을 내려가는 것까지 걱정해주었다.

두 사람은 소림사의 활짝 열린 전문 안으로 나란히 걸어 들어갔다.

"나는 소림사 주지를 만나러 왔소."

소림사 안으로 점점 깊숙이 걸어 들어가면서 도무탄이 태연하게 말했다.

"장문인을 말이오?"

혜원이 큰 눈을 더욱 크게 떴다.

"그렇소."

"장문인께 용무가 있소?"

"그렇소."

혜원이 걸음을 멈추고 진지한 표정을 지었다.

"빈승에게 먼저 말씀을 하시면 전해 드리겠소."

소림사에 들어오고 나서 알게 된 일인데 오가는 여러 승려가 혜원과 마주치면 한결같이 공손히 합장을 하며 허리를 굽혔다.

"나 도무탄이오."

도무탄은 싱그럽게 미소 지으며 말했다.

"알고 있소. 그러니 무슨 용무인지……."

혜원은 빙그레 엷은 미소를 지으며 말하다가 어느 순간 의아한 표정을 지었다.

"설마… 그 도무탄 시주요?"

그는 아까 도무탄이 자신의 이름을 밝힐 때 건성으로 들은 게 분명했다.

도무탄은 고개를 끄떡였다.

"그렇소. 태원성 해룡방주 무진장 도무탄이 바로 나요."

"아……."

혜원 얼굴 가득 경악이 파도처럼 피어났다.

『등룡기』 5권에 계속…

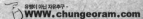

**수십 년 전, 용병왕의 등장으로 생겨난
왕국과 용병의 세계.
평소엔 한없이 가볍지만 화나면 누구보다 무서운,
놀고먹고 싶은 그가 돌아왔다!**

하지만 바람과는 달리 과거 그의 앙숙과 대륙의 판도는
도저히 그를 놓아주질 않는데…….

"용병은 그냥, 돈 받고 칼을 빌려주는 놈들이니까."

그의 용병 철학은 단순했다.

"물론, 누구에게 빌려주느냐가 문제겠지?"